위
리

위리

김엄지 소설집

문학동네

차례

여름	여름 2	여름 3	가사	변신
06	28	58	82	98

예지 5	비 오는 거리	입생로랑 낭떠러지	위리
106	128	180	206

작가의 말

232

여름

1

나는 더 단순하게 살고 싶다.

언제 어디로든 떠날 수 있다고 생각한다.

기차나 비행기, 고속버스 뭐든 타고 싶고.

세상에는 참 탈것도 많다.

어제 나는 천변을 걷다 외발자전거 타는 사람을 봤다.

천변을 걷다보면 우는 사람도 종종 보게 되는데, 물가의 어두운 돌 위에 앉아 소리 내어 우는 사람을 마주칠 때면 흉한 장면을 목격한 것처럼 께름칙하다. 천변뿐 아니라 요즘 부쩍 자주. 지하철 플랫폼이나 놀이터 벤치, 횡단보도 건너편에서, 편의점 앞 파라솔에서.

며칠 전에는 카페에서 울고 있는 남자를 봤다. 그 남자는 맵고 뜨거운 걸 입안에 머금고 있어서 참는 듯이, 그래서 눈물을 줄줄 흘리는 것처럼 보였다. 그 남자 입안에는 매운 것도 뜨거운 것도 없다는 걸 나는 알고 있었다. 나는 알 것 같았다. 대낮의 카페에서. 주체할 수 없고 주체할 필요가 없는. 그 남자는 세상 어떤 이유에도 관심이 사라진 지 오래된 것이다. 그 남자는 슬픈 가운데 슬픔에 빠져 있는 자기를 객관화할 수 있을 만큼 그 슬픔의 내용에 대해 잘 알고 있으면서도 계속해서 슬픈. 돌이킬 수 없고, 돌이킨다 해도 다시 시작하고 싶지 않은. 그 남자는 생활에서 작은 만족감도 찾을 수 없는 것이었다. 그 남자에게 가족이란, 사회란 무엇일까. 허울뿐이거나 환상에 가까운 것 아닐까. 아무튼 다 필요가 없고. 그 남자에게는 자기 자신조차 필요 없었다. 그 남자는 울다가 컥컥 소리를 내기도 했다. 그 남자는 카페 전신 거울에 비친 내 모습이었는데, 이런 고백에 별다른 이유는 없다.

그 카페에 그렇게 큰 거울이.

공장을 개조한 그 큰 카페에 그렇게 큰 거울과 내가.

나와 내 주위에 철제 테이블과 의자, 멀찍이 떨어진 사람 몇과 공간을 웅웅 울리는 끊임없는 소리. 나는 다 울고 난 후에 얼얼해진 안면을 느끼기도 했다. 자리에서 일어났을 때 멀리 떨어진 테이블에서 나를 멍하니 쳐다보는 사람과 눈이 마주쳤다.

카페의 무겁고 커다란 철제문을 밖으로 밀고 나와.

눈이 부셨다.

하늘을 올려다보면 믿음이 생길까?

왜 눈이 부실까? 해는 보이지 않는데.

2

어떤 신비는 시간이 지나면 자연히 풀리고 만다.

자연히. 공연히.

잉어, 말, 개, 고릴라. 며칠 연속 동물이 나오는 꿈을 꿨다.

내 얼굴 정면에서 잉어가 입을 벌렸다. 잉어 입안에 또 다른 잉어 대가리가 있었다.

눈이 마주쳤던가. 눈도 깜빡 안 했던 것 같은데. 코에 닿을 것처럼 내 앞에서 입을 벌린 잉어 대가리와 어제, 그제, 말, 개, 고릴라, 징그럽게 내 가까이에 있는 것들. 요 며칠은 아침마다 해몽을 검색했다. 어쩌면 길몽일지 모르겠다고. 내가 간밤에 좋은 꿈을 꾼 것이라면, 나는 오늘 뭐가 될 수 있을까?

밤마다 오늘이 뭣도 아닌 그냥 오늘이었다는 걸 알게 되었다.

밤이 되면 오늘의 운세를 검색했다.

입력 칸에 내 생년월일을 입력했다.

오늘의 운세 제목은 일수불퇴.

오늘의 운세 내용은 언행을 조심하면 괜찮으리라는 것.

잠들기 전 침대에서 일어나 거실로 나갔다. 마그네슘

캡슐을 찾아 먹었다.

마그네슘을 먹는다고 해서 곧바로 잠이 드는 건 아니었다.

커피를 끊어야 할까?

인연을 끊겠다. 으름장을 놓던 목소리가 떠올랐다.

제발 그래주기를 바라기도 했다.

그건 현실성이 없잖아, 어떻게 인연을 끊어. 제삼자에게 첨언을 듣기도 했었다.

네가 뭘 알아. 눈빛과 턱짓으로만 의사를 표현하던 날들이 있었다.

가끔 너무 꽉 다문 턱이 아프고 그 안의 혀가 불편했다.

혀가 불편하다니. 그럴 수도 있나?

그럴 수도 저럴 수도 어떻게든. 왜 태어나서 이런 개 같은 수모들을 반복해 겪어야 하며 지워지지 않는 장면들을 학습해야 할까. 갑자기 원망감이 솟기도 했다.

거실에 머무는 동안 어느 방안에서 연이은 한숨소리가 들려왔다.

이 집에 나 말고 세 명이 더 있다. 그런 사실은 중요하지도 궁금하지도 않았지만 불현듯 깨쳐지는 것이었다.

이 집에는 세 개의 방, 욕실 하나가 있다. 동거인 셋 중 하나는 나와 십일 년째 알고 지내는 지인 A이다. 그러니까 나의 동거인은 A와 A 외 둘이다. 그 둘은 친형제 사이로 몇 살 터울인지는 모르겠다. 형제 둘 다 목소리가 크고 사소한 일에도 감정적으로 대응하는 것 같았다. 삼 개월 전쯤 A가 그 형제와 함께 지낼 것을 제안했을 때 반대할 큰 이유가 없었고, 반대를 할 입장도 아니었다. 이 집은 A의 집이었다.

마그네슘을 삼킨 나는 거실 소파에 앉아서 A의 한숨소리를 들었다.

한숨소리가 끝나자 칵 퉤, 퉤 하는 소리가 들려왔다. A가 침을 뱉는 것이었다. 가장 손쉽게 액땜을 하는 방법이 침을 뱉는 것이라고, A는 믿고 있었다. 그런 믿음이 나에게도 있었더라면 좋았을 텐데.

A는 아직까지 완전한 이혼을 하지 못해 불만이었다.

아마 내가 모르는 A의 불안은 더 많을 테고.

나는 침실로 들어가 불을 끄고 침대에 누워 몇 년 전에 도착한 문자메시지에 대해 생각하다가 잠이 들었다.

아직 네 생일 기억해. 이 년 전 그런 메시지를 받은 적이 있다. 번호는 모르는 것이었다. 발신자는 아마 내가 그 번호를 기억하리라 생각했을 수 있다. 혹은 잘못 도착한 메시지일 수 있었다. 광고이거나 사기성 메시지일 수도 있었다. 나는 그 메시지에 답하지 않았다. 이 년이 지났고 그 번호로 다시 온 연락은 없다. 가끔 그 번호가 떠오르고는 한다. 나는 번호

를 외울 지경으로 그 메시지를 들여다봤고, 그 메시지와 관련해서 어떤 기대감을 갖고 있었다. 구체적인 공상이 있기도 했다. 대낮에 창이 큰 카페는 밝고, 끝없이 노래가 흘렀던가. 너무 분명한 그걸 슬픔이나 분노라고 부르지 않아야겠다.

3

미안하지만!

미안하지만!

소리치고 있었다.

저런 말버릇은 언제부터였을지.

나라고 이럴 줄 알았냐고!

나라고 뭐!

미안하지만!

동거인 중 형제 둘이 거실에서 언성을 높이고 있었다.

나는 방을 나서지 않기로 했다. 침대에 누운 채로 벽을 보다가 오늘의 운세를 검색했다. 니미개썹. 운세 제목은 아니었고, 방밖의 형제 중 누군가가 뱉은 말이었다.

밖에서 무언가 깨지는 소리와 외마디 비명이 들려왔고 그다음엔 정적이 흘렀다.

방밖으로 나갈 아무런 흥미가 일지 않았다.

자주 있는 일은 아니었다.

처음 있는 일도 아니었다.

나는 더 설명할 수 있지만, 모든 것에 대해서. 그렇게 하고 싶지 않다.

4

어느 블로그에서 '싶지 않다'라는 오타를 본 적이 있다. 나는 화면을 캡처하고 한참을 재미있어했다. 글의 맥락으로는 '쉽지 않다'가 있어야 할 자리였다.

정말 도대체가 싶지 않다.
이 세상에 인간이 해결할 수 있는 일은 없다.
하늘이 저절로 해결해주는 일도 없다.
세상사 정말 싶지 않다.

오타가 포함된 블로그의 몇 문장 아래에 산 사이로 떠오르는 태양 사진이 첨부되어 있었다. 나는 내가 뭘 검색하다가 어떤 경로로 '싶지 않다'를 발견하게 되었는지 잊은 채였다. 뜨거워진 눈을 비볐다. 블로그에서 발견한 오타에 감동해 웃던 나는 갑자기 회의감이 들어 핸드폰 전원을 꺼버렸다. 마그네슘 부작용일지. 요즘 나는 순식간에 뒤집히는 내 감정을 종잡을 수 없었다. 여러 싶지 않은, 혹은 싶은 생각들과 불쑥 깊은 곳에서 치밀어오르는 것들. 나는 내 감정이나 욕망이 당혹스럽고 때로는 너무 과장되게 느껴져 거북했다.

5

너 내 꿈 살래? 내가 A에게 물었다.

무슨 꿈인데? A가 내게 물었다.

나는 잉어 대가리, 말, 개, 고릴라 꿈을 이야기했다.

그런 꿈을 사라고? A가 인상을 썼다.

응. 내가 대답했다.

개꿈 같은데? A가 말했다.

개꿈이라도 지금 너 힘들잖아. 내가 말했다.

네 꿈 사면 진짜 나아지려나? A는 자기 방으로 들어가기 전에 침을 모아 휴지에 뱉었고, 그게 날 향하지는 않은 것 같았다. A는 내 꿈을 사지 않았다. 나도 정말 꿈을 팔거나 할 생각은 아니었다. 그저 좀 다른 이야기를 하고 싶었다. 나는 언제부턴가 했던 말을 또 하고, 했던 생각을 또 하고 있었다.

A는 자기 방으로 들어간 후에도 꽤 오랜 시간 칵칵 침을 모아 뱉었다.

A에게 하늘을 보고 침을 뱉어보라 말해보는 건 어떨까.

어쩌면 A의 침이 하늘 끝까지 가닿을지도 모르고 또 세상사 정말 쉽지 않으니.

6

    A와 형제, 나는 식탁에 앉아 각자의 가장 높은 영타 기록에 대한 주제로 이야기를 나누었다. 나는 신기하게도, 나의 영타 속도를 알고 있었고, 어째서 기억하고 있는지 의문이었지만 어쨌거나 알고 있기에 대답했다. 160.

    꽤 느리네? 실망인데? A가 말했다.

    형제의 영어 타자 최고 타수는 각각 450, 300 정도라고.

    형제는 곧 이 집을 떠난다고 했다. 둘은 오래 머물 것처럼 이 집에 들어왔는데. 삼 개월이 채 되지 않아 떠나다니 의아하다는 생각이 들기도 했다.

    나와 A, 형제는 거실 나무 식탁 위에 부루스타를 올려놓고 삼겹살을 구워먹고 있는 중이었다. 다 같이 일요일 저녁에 이 집에서 고기를 먹을 것, 누구의 제안이었을까. 아마 A의 생각 아니었을까. 베란다 창은 얼마 전 형제 중 누군가 깨부숴놨고, 그래서 고기를 굽는 동안 환기가 잘됐다. 돼지고기를 굽는 동안 베란다 밖 맑은 하늘이 순식간에 어두워졌다. 비바람이, 가끔 천둥 번개가 내리치기도 했다.

    열심히 삼겹살을 굽고 자르던 A는 이 집이 경매에 넘어갔다는 이야기를 했다. 그 때문에 형제가 이 집을 떠나는 건 아니라고. 모든 일이 시간이 지나면 차차 정리가 되고, 아마 이 집도 그리 어렵지 않게 지켜낼 수 있으리라, A는 말했다. 오늘 고기가 좋네. 끝에는 그렇게 덧붙였다.

아아.

그런데 너희는 몇 살이야? 내가 형제에게 물었다.

나이도 몰라? A가 말했다.

미안해. 내가 말했다.

아, 네. 전 서른넷이고요. 이 친구는 서른셋입니다. 둘 중 형으로 보이는 형이 대답했다.

그래, 아주 어리지는 않구나. 내가 말했다.

아직 어리지. 우리 같지는 않지. A가 말했다.

형제는 함께 건축사사무소에서 일을 한다는데. A가 한때 그 둘의 사수였다고 했다.

우리도 사연이 아주 많아. A가 웃었다.

사연 없는 사람이 어디 있겠냐만. A가 웃음을 멈췄고.

너희는 왜 그렇게 싸워? 내가 형제에게 물었다.

아, 혈기 있는 친구들이잖아. A가 대답했다.

저는 요즘 타로 배우고 있어요. 형제 중 동생이 말했다.

타로 카드를 늘 가지고 다니는지, 내가 묻자 동생은 주머니에서 카드 뭉치를 곧바로 꺼내었고.

동생은 카드를 이렇게 저렇게 섞고, 또 한 손 안에서 가지고 노는 듯 잡기를 보여주기도 했다. 나는 그런 순간에도 우울감이 치달아 눈물이 터질 것 같았는데, 참고 있기 때문이었는지 가슴 언저리에 답답함을 느꼈다.

네 쪽으로 연기가 다 가는 것 같네. 많이 괴로워? A가 나에게 말했다.

아니야 괜찮아. 나는 괜찮다고 대답했다.

A는 핸드폰을 꺼내들고 아내가 자신의 전화를 몇 번 받지 않았는지 나와 형제에게 통화 기록을 보여주었다. 왜 보여주는지는 알 수 없었다. 다만 A가 좀 취했다고 생각했다. 내가 A의 집에 들어오게 된 것은 이 년 전, A가 아내와 별거를 시작한 시기였다. A는 내가 이 집에 머무는 것에 대한 아무런 대가도 요구하지 않았다. 그만으로도 나는 A에게 무척 감사함을 느낀다. A와 나는 십일 년 전 함께 같은 사무소에서 근무했던 인연이 있고, 그뿐이었다.

그래도 선생님은 굉장히 사색적이신 것 같아요. 저희와는 결이 다르신 분 같아요. 타로를 배운다는 동생이 내게 말했다.

고마워. 내가 대답했다.

선생님 혹시 가끔 흉통 느끼세요? 동생이 내게 또 물었고.

나는 그런 것 같다고 대답했다.

타로를 배우면 어떤 통증을 느끼는지 그런 것도 맞힐 수 있는 거야? 내가 묻자, 동생은 그건 아니라며 손을 내저었다.

그 밖에도 동생은 나에게 휴가지로 산이 좋은지 바다가 좋은지, 선호하는 계절, 별자리와 혈액형을 물어왔다.

나는 대답했다. 산보다는 바다가, 봄과 여름이, 게자리이며, O형이라고.

선생님 미련이 많은 성격이시지요? 불면증도 좀 있으시고요? 동생이라는 녀석이 식 웃으며 말했다.

그랬던가. 나는 내 미련들에 대해서 떠올려야 했다.

고기 굽는 연기는 정말 내 쪽으로만 왔다.

걔 진짜 안하무인이야. 모텔도 무인 모텔만 다닐 거야. A가 말했다.

서른넷, 서른셋 형제가 웃고.

무인 모텔이라고 알바 안 쓰는 건 아니에요. 갈 때마다 지키고 앉아 있는 사람을 봤어요. 형이라는 자가 말했다.

아니, 그럼 무인이 아니잖아! A가 호통치듯 말했다.

그러니까 결국엔 사람인 거죠. 동생이 말했다.

먹이사슬 맨 꼭대기가 사람이잖아. 형이 말했다.

꼭대기 너무 좋아하지 마라. 떨어지면 대가리부터 박는다. A가 말했다.

나는 내가 미련한 성격인지 계속해서 생각해보다가 진저리가 났다.

감정 때문이 아니라 고기 굽는 연기에 눈물이 흘렀다.

식탁의 모든 것을 먹고, 술, 쌈장이며 상추까지 남은 것이 없었다.

선생님도 비트코인 하세요? 타로 동생이 내게 물었다.

너 그런데 왜 나를 선생님이라고 불러? 내가 되물었다.

넌 남이 아냐 내 안에 있어. A가 노래를 부르기 시작했다.

넌 남이 아냐 내 안에 있어. 이 노래 가사를 듣자 내 생일을 기억한다던 이 년 전 문자메시지가 다시 떠올랐다. 내 생일을 기억해줄 사람은 사실 없다.

왜 없을까?

여섯시부터 시작된 식사는 새벽 한시쯤 끝이 났다.

그날 밤에 나는 침대에 누워 결이 다르다, 라는 말에 대해서 생각했다. 결이라는 말이 생소하기도 했고. 결은 무슨 결이라는 건지 와닿지가 않았다. 형제라는 저 친구들을 앞으로 내 인생에서 또 볼 일이 있을까.

피곤했는지 어렵지 않게 잠이 들었다.

자는 동안 내내 꿈을 꾼 게 아닐까.

7

형제는 이 집을 떠나 어디로 갔을까. 거실의 빈 식탁을 보며 생각했다. 그날 밤 식탁에서 많은 말이 오갔던 것 같은데, 정작 그들이 어디로 갔는지는 알 수 없었다. 베란다 창이 아직 깨져 있었다. A는 새 유리로 교체할 생각이 없는 것 같았다. 창틀에 남아 있는 날카로운 유리 가장자리에 청록색 테이프가 붙어 있었다. 깨진 베란다 창을 볼 때마다 불안함을 느꼈고, 이 집을 떠나고 싶다고 생각했다.

베란다 유리 여기까지 올리려면 사다리차 불러야 돼. 엘리베이터에는 통으로 저만한 유리 못 들어가. 사다리차 그 값이 얼만 줄 알아? 결코 유리가 비싼 게 아니야. 유리는 비쌀 이유가 없지. 널리고 널린 게 유린데. A가 말했다.

어디로 가야 할까.
이 집에서 A와 함께 살기 전에 나는 어디에 있었던가.
나는 내 명의의 전셋집에 살고 있었는데.
나는 왜 설명하고 싶지 않을까. 모든 것을.
나는 나에게 뭔가 더 필요하다고 생각한다.

나는 나에게 필요한 게 뭔지 알아내야 하는데 쉽지 않고.

나는 나에게 휴가가 필요하다고 생각한다.

나는 A의 집에서 충분히 쉬고 있기 때문에 이 생활을 긴 휴가로 여길 수도 있었다. 그러나 나는.

나는 더 휴가다운 휴가를 원한다.

태풍일지 장마일지 비가 연이어지고, 도통 그치질 않았다. 하늘이 무겁고 어둡게 흐르고.

태풍이나 장마 탓에 휴가를 떠나지 못하는 것은 아니었다.

언젠가 여름에 나는, 태풍이 한창이던 그때, 해변 펜션에 머무르며 테라스에서 몰아치는 파도를 내려다보았다. 파도가, 바다가, 저럴 수도 있구나, 하는 생각을 했다.

어쨌든 나는 이 집을 떠나야 한다는 결심을 다시 깨치고.

A와 상의를 할 일은 아니었다. 그저 내 결정과 실행이면 될 일이었다.

이 집에 내 짐은 고작 박스 하나가 될까.

그러나 막상 짐을 쌀 생각을 하니 허기가 졌다.

나는 냉장고 앞으로 갔다. 먹을 것이라고는 우유밖에 없었다. 유통기한이 이틀 지난 우유였다. 형제 중 누군가 사다 넣어놓은 것이었다. A와 나, 둘만 지낼 때는 냉장고에 우유가 있었던 적이 없다. 형제가 들어온 후로 냉장고에 늘 우유가 있었던 것 같은데.

8

 좀더 정리된 생각을 가지고 산다면 좋겠지만 나에게는 무리일 것 같다.

 며칠 전에 카페에서 왜 울어야 했던 것일까. 나는 돌이켜 생각했다.

 그 크고 밝은 카페 안에 노래가 흐르긴 했지만 가사가 들린 것은 아니었다. 사람들의 말소리가 뭉개져 웅성거렸다. 어떤 말도 제대로 알아듣지 못했다. 나에게 일행은 없었다. 나는 아마 그날도 휴가를 떠날 작정으로 집을 나섰던 것 같다.

 나는 지친 것 같았다. 무엇에?

 무엇이든 나를 지치게 했다. 카페의 소음과 빛, 커피 안의 얼음을 씹는 일, 걷거나 멈추는 일, 유튜브 영상을 보는 것, 끼니를 챙기지 않았을 때 찾아오는 허기, 잠들면 꿈을 꿔야 하는 것, 잠드는 것, 잠들기 전까지의 모든 일과에 나는 지쳤다. 병일까?

 어떤 조치가 필요하다고 생각했다.

 나는 카페에 앉아 핸드폰에 저장된 모든 메시지를 지우고, 거의 대부분의 사진을 지웠다. 사진첩에는 이천 장의 사진이 있었다. 오 년 동안의 것이었다. 이천 장이나 있다니. 뭘 적었는지 그리 궁금하지 않았지만 확인은 해야 할 것 같아 대충 훑어보며 삭제했다. 삭제는 기분전환에 효과가 있는 것 같았고. 삭발까지 해보는 건 어떨지 충동이 들었다. 어제가 내 생일이었다는 걸 나는 알고 있었다. 그 아무것도 아닌 날. 어제는 내 생일이었고, 나는 내가 다시 태어날 수 없다는 걸 알고 있었다. 나는 그런 확신까지 가능했다.

나는 내가 어떤 생각을 하는지 알고 싶지 않았다.

나는 내 욕망에 깊게 관여하고 싶지 않았다. 하지만 완전한 외면은 불가능했다. 언제든 내가 내 생각에 발목이 잡히고 말려드는 기분이다. 기분과 생각을 구분할 수 없고, 나에게는 그게 뭐든 구분하려는 강박이 있는 것 같다. 명확하게 구분하고 분류할 수 있다는 것은 상쾌한 일이다.

9

 A는 말수가 많은 편은 아니었지만 거의 늘, 하는 말마다 불필요한 것들이었다. 이를테면 그의 가정사, 개인사에 대해서. 나는 듣고 싶지 않았지만 그의 집에 머무른다는 부채감에 억지로 고개 끄덕인 적이 있다. A의 말을 들으며 그가 이혼할 생각이 없다는 사실을 알게 되었다. 정작 A 자신은 아직 모르는 것 같았다.

 어디로 갈 건데? A가 내게 물었다.
 제주도? 나는 대답했다.
 제주도에 대한 구체적인 계획이 있는 것은 아니었다.
 비행기가 뜨겠어, 이 날씨에? A가 베란다 밖을 향해 턱짓을 했다.
 내다보이는 밖, 검은 하늘에서 굵은 빗줄기가 쏟아지고 있었다.
 넌 휴가가 언제야? 내가 A에게 물었다.
 나야 언제든 내가 쉬고 싶을 때 쉴 수 있지. A가 대답했다.

 너한테 줄 행운석을 두고 갔다던데. A는 형제가 머무르던 방의 붙박이장을 열어보라 말했다.

행운석? 그건 또 뭘까.

나는 궁금한 마음에 형제가 머무르던 방으로 곧장 향했다.

그 방의 붙박이장을 열어보니 거기에 정말 돌 하나가 있었다.

흰색의 꽉 쥐어도 아프지 않은 몽돌이었다.

약간 차가운 온도였다.

나는 열린 장롱 앞에서 주먹 안에 돌을 쥔 채로 잠깐 서 있었다.

이런 이벤트는 그 동생이라는 사람의 취미일지도 모르겠다는 생각을 했다.

어쩌면 나는 그의 취미에 동원된 새로운 하나의 도구일 수 있었다.

아무러나 상관없지.

나는 핸드폰과 지갑, 흰 돌을 주머니에 넣고 집을 나섰다.

잘 다녀와. A는 혼잣말처럼 말했다.

A의 등뒤로 깨진 베란다 창유리와 어두운 밖이 보였다.

거리로 나왔을 때 비바람이 사나웠다.

쏟아지는 빗소리와 비를 밟는 도로의 차 소리를 들으며 걸었다.

걷다가 멈춰 고개를 들어보기도 했다. 비를 맞는 얼굴이 따가웠다.

빗속에서, 여름이 뭐야? 묻는 목소리를 우연히 들었다.

여름이 뭐냐고? 그건. 세상 모든 만물 우주에는 계절이라는 게 있어. 그런 대답이 들려오기도 했다. 대답 같지 않은 대답이었지만.

여름이 뭐야? 다시 물어오는 목소리를 듣지는 못했다.

* 20쪽의 가사는 E.O.S의 노래 〈넌 남이 아냐〉에서 가져왔다.

여
름
2

1

아마 한 달 전부터.

침을 삼킬 때마다 귀 안에서 둔탁하게 뭔가 열리고 닫히는.

뭐가 열리고 뭐가 닫히는지는 알 수 없었다.

뭘 씹으면 씹는 대로 내부에서 그 소리가 웅웅 울렸다.

새벽이면 잠결에 귀를 만졌다.

아침이면 왼쪽 귓바퀴와 그 안의 작열감이 느껴졌다.

누웠던 자리에서 일어날 때 머리가 무거웠다.

걸을 때면 몸이 한쪽으로 기우는 것 같은데. 다 귀 때문이겠지.

귀 때문을 주문처럼 외고.

y는 이 집에서 나간 후 한 달 동안 연락이 없었다.

만일 연락해온다면 나는 y에게 내 귀를 보여줄 것이다.

원한다면 귓바퀴를 뒤집어봐도 좋다고 말할 것이다.

y의 손을 잡아다 내 귀에 가져다대고.

뺨보다 뜨겁지? 그런 말을 할 수 있을 것이다.

y는 조금은 다른 내 모습을 원한다고 말했다.

아주 또다른 나를 원하는 것이 아니라, 약간의 변화를.

너부터 변해봐. 나는 y에게 말했다.
y는 뭐라고 대답했던가. 변할게, 했던가. 내가 왜? 했던가.

y는 끼니때마다 마요네즈를 냉장고에서 꺼내 여기저기에 뿌려 먹었다.
y는 스크램블드에그, 떡갈비, 샐러드, 삶은 감자 위에 마요네즈를 뿌려 먹었다.
y는 맨밥에 마요네즈와 간장, 참기름을 넣어 비벼 먹기도 했다.
y는 이 집에서 사 개월을 지냈다. 봄을 꽉 채운 것이다.

나의 너의 나.
y와 나는 그런 대화를 나누기도 했다.
난 너에게 뭐지?
너는 나에게 또 뭐고?
그때 y와 나는 침대 끄트머리에 앉아 있었다.
불 꺼진 방안이었지만 보일 것은 다 보였다.
y는 나의 눈썹 뼈를 만지고. 나는 y의 머리칼을 쓸어넘겼다.

우리는 천천히 서로의 눈, 코, 입, 손, 발, 손가락, 발가락을 살펴봤다.

손과 발이, 크기는 다르지만 비슷하게 생긴 것도 같아서.

우리는 전생에 남매였을까.

그게 아니라면 향유고래의 내장. 너는 심장, 나는 간. 그런 것 아니었을까.

2

의사는 내 귀에 길고 가는 스틸 꼬챙이를 집어넣었다. 나는 진료 의자 등받이에 뒤통수를 바짝 대고 앉아 있었다. 정면 모니터에 확대된 나의 외이도가 보였다.

밀가루에 물을 넣고 반죽을 하고 또 밀가루에 물을 넣고 반죽을 하면 뭐가 되겠어요. 의사가 내게 물었다.

떡이 되겠지요. 나는 대답했다.

네. 귀지 떡이 되는 겁니다. 의사는 내 귀에서 귀지를 긁어내고 집어 빼내기 시작했다. 귓속에서 요란한 잡음이 계속되었다. 나는 나도 모르게 움찔거렸다.

괜찮아요. 우리 선생님 잘하세요. 걱정 마세요. 언제 와 섰는지, 간호사가 말했다. 간호사는 내 허벅지에 손을 얹고 토닥이기도 했다. 중년을 지난, 머리칼이 하얗게 세었는데 드물게 갈색 머리카락이 보이기도 했다. 간호사는 보라색 카디건을 입고 있었다.

어때요. 지금도 먹먹하게 들리나요? 의사가 내게 물었다.

아. 아. 나는 허공에 대고 몇 번 소리를 내보았다.

나는 진료 의자에서 내려와 진료실 타일 바닥에 발을 딛고 섰다.

귀지를 제거하는 동안 식은땀을 흘렸는지 등이 축축했다.

머리가 무거운지 어떤지, 한쪽으로 몸이 기우는지, 고개를 돌려보기도 하고, 제자리걸음을 해보기도 했다. 하품은 잘 만들어지지 않았지만 시도했다. 안면 내부에 울리는 소리가 그대로인지 확인하기 위해 이를 딱딱 마주쳐보기도 했다. 먹먹하게 들리는 것인지, 깨끗하게 들리는 것인지 가늠이 잘 안 되었다.

아무튼 정상은 아니에요. 고막에 염증이 좀 있어요. 의사는 정상 고막과 나의 고막을 모니터에 함께 띄운 다음 설명을 계속했다. 나의 것은 정상보다 조금 두껍고 붉었다.

항생제 처방해드릴 테니 드시고 금요일에 다시 오세요. 의사가 말했다.

이제 나가보세요. 간호사가 내 옆에서 말했다.

진료비를 계산하고 이비인후과의 유리문을 밀어 밖으로 나왔다.

상가 복도의 습하고 더운 열기가 안면으로 훅 끼쳐왔다.
이비인후과 바로 옆 양약국으로 들어갔다.

양약국은 밝고 넓은 곳이었다.
양약국의 조명은 천장에 매립되어 있었는데, 지나치게 푸르지도 누렇지도 않았다.

양약국의 약사는 양유진이라 적힌 플라스틱 명찰을 달고 서 있었다.
양유진은 데스크 너머에 늘 혼자였다.
나보다 서너 살 어릴까. 내 또래일까.
나보다 키는 5센티미터, 혹은 8센티미터 큰 것 같고.
양유진은 전체적으로 희고 길었다. 머리통은 크고 단단해 보였다.
양유진은 눈을 약간 크게 뜨고 나를 응대했다.
양유진의 눈매는 매섭기도, 서글서글하기도 했다.
양유진은 어쩌다 나에게 인상을 남기게 되었을까.
이 사람, 저 사람, 이런 인상, 저런 인상, 피곤했다.

오늘은 이비인후과에 다녀오셨네요. 처방전을 받아든 양유진이 말했다.

네. 나는 대답했다.

양유진은 데스크 위에 진통제와 항생제, 위장약, 세 알씩 들어 있는 열다섯 개의 약 봉투를 길게 나열하고, 이런저런 설명을 했다.

스트레스를 줄이셔야 해요. 양유진은 그렇게 말을 맺었다.

네. 나는 대답하고 뒤돌아 걸었다.

내가 막 유리문 앞으로 다가갔을 때, 뒤에서 양유진이 선생님, 하고 나를 불러 세웠다.

이거 한 병 드세요. 양유진은 내게 데워진 쌍화탕을 건넸다.

3

없는 사람이다 생각해. y는 자기 얼굴을 두 손으로 가렸다.

없지 않고. 너무 있는데. 나는 내 앞의 y를 보며 생각했다.

무엇이, 어떻게, 없을 수 있을지.

이거 가져. y는 자기 목에 걸려 있던 가는 실 같은 목걸이를 풀고, 내 눈앞에서 흔들었다.

그걸 내가 가져서 뭐해. 나는 말했다.

하고 다녀. 잘 어울릴 거 같아. y는 방금까지 자기 목에 걸려 있던 것을 내 목에 걸었다.

나는 약간 고개를 숙였다. 가볍고 차가운 목걸이의 감촉과 y의 손가락이 뒷목에 스쳤다.

y와 나는 집안의 유일한 거울을 향해 걸었다.

y가 먼저 걷고, 내가 뒤를 따랐다.

마룻바닥에 발바닥 스치는 소리가 크게 들렸다.

거울 앞에 멈춰 서서 봤다. 내 목과 목덜미, 얼굴과 머리칼, 주름, 점.

y의 말대로 나에게 잘 어울렸다. 백금이라고 했다.

y는 자기 손바닥 전체를 내 목덜미에 지그시 가져다댔다.

이제 재미있는 일이 생기면 누구에게 말하지? 슬프고 괴로운 일은 또 누구에게 말하고?

y는 눈물을 주르륵 흘렸다.

나는 y의 우는 얼굴을 거울을 통해 보았다.

왜 그러는 거야. 나는 말하고.

y의 목걸이를 하고 선 내 모습도 거울에 비쳐 보였다.

나는 어정쩡하게 서서 두 팔은 밑으로 늘어뜨린 채였다.

거울에서 내 눈과 마주칠 때마다 곤란했다.

나갈까? 나는 y에게 물었다.

전환이 필요했다.

마트나 서점에 가면 어떨까. 새로운 물건을 사고. 새로움에 대해서만 말하면 지금과는 다른 기분이 되지 않을까.

다 너무 멀어. y는 그렇게 말했다.

4

멀리, 집으로 돌아가기 위해 버스를 타야 했다.

집으로 돌아가는 버스를 기다리는 동안 양약국에서 받은 쌍화탕을 다 마셨다. 달고 뜨거웠다.

내가 사는 곳은 어디서든 뚝뚝 떨어진 외딴곳이었다.

카페나 놀이터, 학교, 병원에 가려면 버스를 타거나 이삼십 분은 걸어야 했다.

길은 비포장된 흙길이거나 2차선의 좁은 도로였다.

나는 언제나 멀어지고 싶었다.

마음만 멀어지는 것은 어렵고 불가능한 일이기도 했다.

물리적으로 멀어질 필요가 있었다. 모두와. 모든 것과.

나는 오 년 동안 살았던 전셋집을 정리하고 외곽에서 약간 더 벗어난 곳을 계약했다.

그 누구도 나의 이사를 궁금해하지 않았고, 더욱이 말리는 사람은 없었다.

y는 흥미를 보였다.

거기에도 사람이 사나요? 그때 y는 내게 존대를 했었는데.

네. 제가 살아보려고요. 나 역시 y에게 존대를 했었고.

y와 나는 존대를 할 때도 서로 어려움 없이 말을 주고받았다.

y는 지나치게 말이 많지도 않았고, 말이 너무 없는 편도 아니었다.

y는 나의 새로운 집에 대해 물어온 유일한 사람이었기에 나는 기꺼이 설명했다.

주방과 거실을 겸한 공간에 큰 창이 있고, 거의 한쪽 벽면을 다 차지한다.

북향이지만 밝다.

방은 두 개, 화장실은 하나.

흰 벽지에 갈색 마룻바닥, 욕조 없음.

마당이 몹시 넓고 이 년 계약했다.

집들이는 안 하나요? y는 물었다.

집들이해야죠. 나는 대답했다.

내가 사는 집 주변에는 오래된 빈 가옥이 멀찍이 가끔 한 채씩 있었다.

사람이 사는 집보다 공터가 흔했다.

공터마다 풀이 자라고, 키가 큰 풀들은 비바람에 쉽게 누웠다가 어느 날 다시 기가 성성하게 일어섰다. 풀들의 맨 위에는 쌀알 같은 꽃이 피기도 했는데, 밝은 날에는 희끗한 그 빛을 볼 수 있었다.

맑은 날에는 눈을 찌를 듯 밝고, 어두운 날에는 사위가 다 짙은.

내가 사는 집 주변은 어디를 봐도 거미줄이었다.

풀과 풀 사이에, 나뭇가지와 가지 사이에, 난간과 땅 사이에, 움푹 팬 땅 안에.

나는 거미줄에 맺힌 이슬을 보는 게 좋았는데.

여기서 살면 무섭지 않아? y가 내게 물었다.

여기서 살면, 이라는 말은 이상한 말이었다.

y가 처음 내가 사는 집을 방문했을 때, 그녀는 이 공간에 큰 호감을 보였다. y가 했던 말들, 집뿐만 아니라 집을 찾아오는 길과 멀리 보이는 낮은 산과 포장되지 않은 길에 대해서, 걸을 때마다 밟히는 것들, 크고 작은 길가의 돌, 집안 창을 모두 열면 선선하게 드나들던 바람, 나뭇잎이 흔들리는 소리와 처음 듣는 벌레 소리, 빛과 그림자에 대해서, 신비롭다, 자유롭다, 매혹적이다, 라고 말했는데.

무서울 게 뭐야. 내가 y에게 말하고.

y는 갖가지 무서운 것들을 말했다.

y가 말하는 것마다 무섭지가 않아서 의아했다.

어떻게 무서운 것도 없어? y는 놀랍다는 듯 말했다.

정떨어져. y는 화가 난 투가 되었다.

너무 무감각해.

y가 말했을 때 잠자코 듣고 있어야 했는데.

너는 얼마나 감각적이기에 끼니마다 마요네즈를 먹지? 나는 y에게 웃으며 말했다.

시비를 거는 것은 아니었고, y가 좀 웃기를 바라는 마음에 한 말이었다.

y에게는 그렇게 들리지 않았던 것 같다.

y와 나는 밖으로 나가기로 했다.

우리는 카페에서 커피를 마시고 완전히 헤어지기로 했다.

가장 가까운 카페까지 이십 분을 걸어야 했다.

그 이십 분 사이에 y의 심경에 변화가 있기를 기대했다.

나는 y의 심경에 아무런 변화도 만들 수 없었고. 이십 분이라는 시간도 마찬가지였는지 카페에 도착했을 때 y의 생각은 달라지지 않은 채였다.

생각 정리가 된 것 같아. y는 나를 보는 것이 아니라 내 뒤의 카페 유리창을 보는 것 같았다.
무슨 생각이 정리가 됐다는 거야. 내가 묻고.
너와 나 사이의 진실. y가 대답했다.
무슨 진실. 내가 묻고.
y는 대답하지 않았다.
카페 통유리로 비쳐드는 해가 사나워 y는 인상을 쓰고 있었다.
유리창을 등진 나는 아마 온통 그림자의 모습이었을 것이다.
너 내 표정이 보이니? y에게 묻고 싶었는데.

y와 나는 카페를 나와 근처의 골목을 걸었다.
걷다가 학교 운동장 벤치에 앉았다.
해가 질 것 같았다.
해가 질 것 같은데 오늘은 자고 갈 거지? 나는 y에게 물었다.
아니. 내 짐은 일주일 동안 다 가져갈게. y는 말했다.
나는 그런 일은 일어나지 않기를 바라면서도, 일주일이

나 걸리려나, 하는 생각이 들었다. 가져가자면 한 번에 다 가져갈 수 있을 만큼의 짐이었다. y의 옷, 화장품, 책과 필기구, 그 밖의 것들을 다 떠올려봐도 라면 박스 하나 정도면 충분할 것 같았는데.

y는 정말 가려는지 벤치에서 벌떡 일어섰다.

우리 또 만날 수 있을까? 내가 y에게 물었을 때.
네 행복 찾아가. y가 대답했다.
행복이고 나발이고. 나는 말했다.
내가 행복이고 나발이고, 그렇게 말했을 때 이미 y는 등 돌리고 멀리 사라진 뒤였다. 그래서 그 말은 혼잣말이 되었다.
나는 혼자 운동장 다섯 바퀴를 걸었다.
걷다가 걸음이 빨라져 마지막 바퀴는 거의 뛰었다.

5

너 지금 아쉽다는 거 아니야? B는 내 사정을 다 안다는 듯이 말했다.

아쉬운 얼굴인데? B는 비실비실 웃으며 나를 빤히 보았다.
사방에 고기 굽는 연기가 자욱했다.
왁자한 소음에 B가 하는 말이 묻히기도 했다.
그래서 귀는 이제 괜찮대? B는 내게 귀에 대해 물었다.
그래. 내게 귀가 있었고 불편했지. 불과 사흘 전 아침까지.
나는 어느새 귀에 대해 다 잊은 사람이 되어 있었다.
이렇게 쉽게 잊다니.
처방받은 약은 병원에 다녀온 그날부터 먹지 않았다.
어디에 두었던가. 버리지는 않았는데. 그날 쌍화탕까지 받았는데.

B는 내 앞에서 고기를 뒤집고 쩝쩝 씹다가 소주를 삼켰다.
내 얼굴에 뭐가 자꾸 튀었다.
고기 기름, 소주 파편, B의 침 같은 것들.

내 고막은 정상이 아니라 했는데, 지금은 정상이 되었을까.

내일은 금요일이었다. 금요일에 다시 오라는 의사의 말이 떠올랐다.

가야 하는가. 가지 않아도 될 것 같은데.

거봐. 너 아쉽다니까. 연락해봐. 받을걸? B는 나의 근황이 재미있는 것 같았다.

재미있어? 내가 묻자.

재미있지. B가 대답했다.

B는 이혼 숙려 기간이었는데 그것과 관련된 이야기는 꺼내지 않았다. 내 이야기에 열중하고 키득거리는 모습만을 보였고, 그래서 전혀 이혼 숙려 기간을 보내는 사람처럼 보이지 않았다. 나는 그다지 궁금하지도 않았다. 이혼 숙려 기간의 심경이나 그렇게 된 이유, 왜 나를 재미있어하는지까지.

그래도 나는 사랑했어. B가 갑자기 고백조로 말했다.

B는 이혼하고 싶지 않다고 했다.

사랑하는데 왜 그랬어. 나는 중얼거리듯이 말하고.

나도 몰라. B가 말했다.

B는 제법 취해서 나의 집에서 자도 되느냐고 물었다. 나는 거절했다.

B와 나는 자정이 넘기 전에 헤어지기로 했다.
B는 대리기사를 불렀다. 나는 좀 걷고 싶었다.
집까지 걷자면 한 시간 걸리려나, 짐작을 했다.
B는 자기 차 조수석에서 잠들었고, 나는 걷기 시작했다.
십 분 정도 걷자 즐비했던 간판 조명과 소음이 사라졌다.
조금 더 걷자 축축한 흙냄새와 밤꽃냄새가 짙어졌다.
맹꽁이와 개구리 소리가 들렸다. 빗소리처럼 쏟아지는 소리였다.
사람이라고는 보이지 않았는데, 머지않아 사람의 형체를 마주했다.
사위가 어두워 앞모습인지 뒷모습인지 잘 보이지 않았다.
더 걷다보니 뒷모습이라는 것을 알게 되었다.
누구인지 알 것 같았다.
양유진이었다.

정말 양유진일까.

나는 양유진의 뒷모습을 본 적이 없는데.

아니 어쩌면 양유진의 앞모습보다는 뒷모습이나 옆모습을 더 많이 보았을 수도 있었다.

걸을수록 더 확신하게 되었다.

힘없는 머리칼과 기다란 몸체.

손에는 뭘 쥐고 있는 것 같은데. 쌍화탕 아닐까, 생각했다.

양유진이 맞는지 불러 세워 확인하려다 그만두었다.

양유진이 내게서 멀어지도록 나는 느리게 걸었다.

6

수영을 해도 될까요? 나는 의사에게 물었다.

나는 진료 의자에 뒤통수를 붙이고 앉은 채였다.

의사는 내 귓구멍에 길고 가느다란 스틸 꼬챙이를 집어넣고 이렇게 저렇게 살폈다.

아직 고막이 좀 벌건데. 염증이 아주 다 사라지진 않은 거예요. 정 수영을 하셔야 한다면 짧게 하세요. 의사가 말했다.

사람 귀가 물에 담그고 막 그러라고 만들어진 게 아닙니다. 의사가 더 말했다.

혹시 지금 의사는 화가 난 걸까.

나는 의사의 얼굴을 보고 싶었는데, 머리통을 움직이면 다칠 수 있다는 말을 들었기 때문에 고개 돌릴 수가 없었다.

사람 귀가, 우리 몸이 빈병이 아니잖아요. 물 담으라고 만들어진 게 아니라는 겁니다. 의사는 화가 난 게 분명했다.

그럼 사람 귀는 왜 만들어진 겁니까. 나는 의사에게 물었다.

의사는 대답할 수 있을까.

의사는 아는 게 많아 보이지는 않았다. 다만 귓구멍 안에 스틸 꼬챙이를 잘 집어넣는 기술이 있을 뿐인 것 같았다.

사람 눈 코 입은 다 이유가 있어서 만들어진 겁니다. 의사는 대답 같지 않은 대답을 했다.

수영 자주 하시는 건가요? 의사가 내게 묻고.
그건 아닙니다. 나는 대답했다.

의사는 항생제를 삼 일 치 처방해줬다. 불편하지 않으면 더 오지 않아도 된다 했다.

7

  y는 단 한 번 자기 짐을 쌌고, 그뒤로 지금까지 다시 오지 않았다.

  y의 물건은 가끔씩 나타났다.

  아침까지 그 자리에 없었던 물건들, 플라스틱 팔찌나 귀걸이, 머리끈, 핸드크림, 수면양말 같은 것들이 누가 가져다놓은 것처럼 집안 여기저기서 툭, 툭 나타났다.

  나는 투명한 아크릴 박스를 구해 거기에 y의 물건을 모두 넣었다.

  투명한 박스에 아무런 규칙도 없이 집어넣었다. 그리고 식탁 위에 올려두었다. 낮 한시에서 네시까지 들이치는 햇빛에 아크릴 박스가 반짝였다. 오후 여섯시에는 흰 벽으로 무지갯빛을 반사했다.

  나는 오후 여섯시에 흰 벽을 마주보고 식탁에 앉았다.

  매끄러운 아크릴 박스의 표면을 쓰다듬었다.

  선명한 빛이 눈을 찔렀다.

  이걸 어찌 처리할까 생각하다가.

y가 무섭다고 했던 것들이 떠올랐다. 이 집과 관련된 것들, 집안의 정적, 창가를 휙 스쳐지나가는 것, 정체를 알 수 없는 파열음. 그리고 그녀의 부모, y는 자신의 부모를 썩은 살에 비유했다. 반드시 도려내야 해. 마취 없이. 떨칠 수 없는 것들, 자기 안의 분노, 엘리베이터가 빠른 속도로 상승하고 추락하기를 반복하는 꿈, 아무것도 위로하지 않는 너, y가 말한 너는, 나였다.
　너는 아무것도 말하지 않아. y가 그렇게 말했을 때 나는 뭐라 대꾸했던가.

　말 많이 했는데 왜. 했던가.
　앞으로 말 많이 할게. 했던가.

8

의사는 사람은 빈병이 아니라고 했지만,

나는 빈병이 되어도 상관없었다.

될 수 있다면 빈병이 되고도 싶었다.

수영장의 천장 한가운데는 정사각의 두꺼운 유리였다. 날이 밝은 날에는 거기에서 빛이 쏟아져내렸다. 수영장의 한 면은 산을 향해 난 통유리였다.

잠영을 하는 동안 하늘색 타일 바닥에서 일렁이는 빛 무늬를 보았다. 빈병이 되면 저런 것도 담을 수 있는 것이다.

오래 헤엄쳐서 어지럽고 헛구역이 났다.

나는 목구멍이 따끔거릴 정도로 목이 말랐다.

잠영으로 열세 번 왕복했다.

샤워실에서 그 실 같은 목걸이가 사라졌다는 것을 알게 되었다.

미끈하게 씻을 때, 목덜미에 걸리는 게 아무것도 없었다.

수챗구멍을 확인해보고. 보이지 않았다.

나는 다시 탈의실로 가 수영복과 수모, 물안경을 쓰고.

레인을 돌기 시작했다. 바닥만 보면서 물을 갈랐다.

오래 헤엄치니 물속에서 숨쉬는 법을 깨치게 된 것도 같았다.

아마 귀로. 귀로 호흡되는 것 같은데.

호루라기 소리가 들렸다. 사람들이 모두 물에서 나갔다.

나도 물 밖으로 나갔다.

통유리 밖으로 보이는 산이 젖고 있었다.

언제부터 비가 내렸던가.

유리 밖의 비는 내린다기보다 공중에 흩어지듯이 분무되고 있었다.

목걸이는 찾지 못했다.

나는 다시 샤워실로 가 뜨겁게 씻었다.

집으로 돌아가기 위해서는 사십 분을 걷거나 택시를 타거나 버스를 두 번 타야 했다.

멀리에 있는 집은 어디에서든 뚝뚝 떨어진 집이었고, 낭만과도 거리가 있었다.

이 멀고먼 집을 구할 때 나는 아마 뭔가 기대했던 것 같은데. 그게 뭘까.

y는 아마 내게 뭔가 기대했던 것 같은데.

그게 뭘까.

9

밤새 귀가 뜨겁고 간지러웠다.

10

장마가 벌써 시작되었는지 비가 그치지 않았다.

이비인후과 노년의 간호사는 데스크에서 〈Shape of My Heart〉를 들으며 흥얼거리고 있었다.

내가 유리문을 밀고 들어온 것을 알아채지 못한 것일까.

누가 들어왔거나 말거나 상관없다는 것일까.

의사는 저 간호사의 아들일까.

나는 접수를 위해 데스크 앞으로 걸어갔다.

간호사는 나를 알아보고 빙긋 웃어 보였다.

〈Shape of My Heart〉는 배경음악처럼 계속 흘렀다.

귓바퀴까지 빨개지셨네요. 밤사이에 많이 불편하셨나 봅니다. 간호사가 걱정스럽다는 투로 말했다.

대기하는 환자는 아무도 없었다.

나는 곧장 진료실로 들어가 의사와 마주했다.

의사는 내 귀 안에 치약 같은 투명한 겔을 잔뜩 집어넣었다.

절대 만지지 마세요. 의사가 말했고,

네. 나는 대답했다.

의사와 간단한 대화를 하는 중에도 반복 재생되는 〈Shape of My Heart〉가 들려왔다. 왼쪽 귀에 겔을 넣은 뒤에는 그 소리가 몽롱하게 들렸다.

양약국을 향해 걷는 동안 몸이 한쪽으로 기울었다.

혹시 며칠 전에 혼자 걸으셨나요? 나는 처방전을 내밀며 양유진과 눈을 마주치고 물었다.
글쎄요. 양유진은 고민하는 얼굴이 되었다.
양유진이 제조실 안으로 사라졌다.
나는 약국에 마련된 초록 소파에 앉았다.
고개 들어 약국 천장에 매립된 조명 개수를 세었다.
감기가 오려는 것 같았다.
코끝이, 살갗이 시렸다.

잘 지내? 나는 메시지를 적었다.
미안해. 적었다가 지웠다.
네 물건들. 적었다가 지웠다.
마요네즈. 적었다가 지웠다.

목걸이. 적었다가 지웠다.
나 요즘 귀가. 적었다.

양유진이 제조실에서 나와 구석에 서 있는 에어컨 전원을 켰다.
여름이네. 적었다.

여름
3

1

L은 쪽지를 남겨놓고 떠났다.

난 네가 특별히 신비롭거나 음흉한 성격이 아니라는 걸 이제 알아. 너는 단지 멍청할 뿐이라는 걸 알게 됐어. 사과하지 않아도 돼. 넌 그냥 그런 사람인 거지.

L은 0.3밀리미터 빨간색 볼펜으로 써놓았다.
그냥 그런 사람이란 어떤 사람일까.

고통이 뭔지 너는 몰라요. L은 취하면 내 얼굴에 삿대질하며 흥얼거리기도 했었고.
다시 태어나면 만나지 말자. L은 다짐하기도 했었다.
L이 왜 그토록 비장하고 또 때로는 복수심에 가까운 표정을 하는지, 나로서는 알 수 없었다.

괴로운 마음에 조깅을 시작하고.
어느 날 뛰다 헛디뎌 발목을 접질렸다.
발목 때문은 아니었고 우울감 때문에 휴직을 신청했다.

여름이 되자 L이 보고 싶었다.

L의 집 에어컨 컨디션은 어떤지.

L이 보고 싶을 때마다 그녀가 남긴 쪽지를 읽었다.

사과하지 않아도 된다는 문장을 읽으면 지금이라도 사과해야 하지 않을까 하는 생각이 들었다. 그러나 무얼.

뭘 사과해야 할지 도무지.

밤에도 낮처럼 더웠다.

태풍이 예보되어 있으니 지금쯤 거리에 바람이 불지 않을까.

허기지기도 해서 집밖으로 나섰다.

밤거리에 사람도 차도 없었다.

매미 소리만 허공을 찢을 것 같았다.

한밤인데 세차장 앞의 바람 인형이 격렬하게 허리를 꺾었다.

세차장을 지났으니 걷다보면 주유소가 나올 것이었다.

주유소를 지날 때는 휘발윳값을 확인할 것이다.

나는 가진 차가 없기 때문에 안도할 것이다.

나는 나의 미래를 알고 있었다.

보았던 것을 보고 들었던 말을 듣고 해왔던 말을 하는.

L도 나의 미래를 알았을까?

나보다 빨리 내 미래를 알았을까?

걷다보니 허기가 사라졌다.

당장은 뭘 입에 넣지 않아도 되겠군. 언젠가 했던 생각을 한번 더 했다.

2

한낮의 도로에서 아지랑이가 이글거렸다.

기이한 더위가 이어지고 세차장의 바람 인형이 찢겨 있었다. 너무 더워서 미친 사람이 그렇게 해놓은 것이리라. 일부러 찢어발기지 않고서야. 인도와 차도에 걸쳐 커다랗고 처참하게 널브러진 채였다. 길바닥에서 바람 인형의 얼굴이 었을 부분을 확인했을 때 미친 여름이라는 생각이 들었다.

주유소를 지나 더 걸었다. 사거리가 나올 때까지.

사거리 횡단보도 앞에서 신호가 바뀌기를 기다렸다.

건너편에는 도서관 정문이 있었다.

도서관으로 가 몇 권 집어 펼쳐보고 마음이 동하면 대여하리라.

지난번에 대여한 것은 끝까지 다 읽지 못했다.

반납일을 어기지 않는 것만으로 만족스러웠다.

도서관 유리 회전문을 지나 로비를 가로질러 걸었다.

5층 높이의 유리 외벽과 유리 밖의 녹음이 한눈에 들어왔다.

대리석 바닥에서 광이 났다. 신발 밑창 끌리는 소리가 크게 들렸다.

제2문헌실로 향하는 동안 에어컨 바람이 은은하고, 우울감이 깊어졌다.

나는 문헌실 구석 책상에 자리를 잡고 앉았다.

유리 밖에서 매미 소리가 희미하게 들려왔다.

무슨 이유에서인지 눈물이 흘렀다.

오후의 도서관에는 은퇴한 것으로 보이는 노인들이 많았다.

3

나는 주유소와 사거리와 도서관을 지나 걸었다.

마른번개가 먼 하늘에 굵은 줄을 긋고. 비는 내리지 않았다.

정수리에서 흐른 땀이 눈을 찔렀다.

도롯가의 기사식당으로 들어가 백반 1인분을 주문했다.

식당 천장에 매달린 음 소거 텔레비전에서 이미지가 빠르게 전환됐다.

테이블에 오른 것은 밥과 오이냉국, 깻잎, 조기구이, 감자조림, 두부구이, 양파와 된장, 노각무침, 소시지였다.

계곡 갈래?

L에게 다시 연락이 온 것은 여름이 끝날 즈음이었다.

불과 얼마 전까지 분명히 L이 보고 싶었는데 막상 L의 연락이 열렬히 반갑지는 않았다.

내 마음을 나도 알 수가 없고.

태풍이 온다는데.

나는 L에게 답장을 했다.

더 좋은 대답을 했어야 했는데.

더 좋은 답을 떠올릴 여력이 없었다.

아무래도 더운 탓인지 어떤 생각도 길게 이어나갈 수가 없었다.

흩어지고 힘없이 툭툭 끊어지는.

나에게서 생각이라는 게 정말 희박해졌는지도 모르겠다.

L에게 다시 연락이 오지 않는다면 그녀가 내 집에 남겨놓고 간 잡다한 것들을 이제 모두 정리하리라. L이 써놓고 간 쪽지며 낙서장, 두꺼운 노트 몇 권, 펜, 가습기와 칫솔 같은 것들. 나는 아직 아무것도 버리지 않았고, 따로 모아놓지도 않았다.

밥이나 먹든가.

L에게서 곧바로 또 메시지가 왔다.

L은 나를 지금 당장 만나고 싶은 것 같았다.

오이냉국의 작아진 얼음을 수저로 떠먹었다.

입안에서 얼음을 녹이면서 L이 보낸 메시지를 다시 확인했다.

밥이나 먹든가.

그래. 밥이나 먹으면 되는 것이다.

다음주 월요일 오후 두시 어떤지, L에게 물었다.

L은 내게 저수지 주소를 보내왔다.

나는 기사식당 구석에 앉아 그 저수지까지 가는 경로를 검색했다.

지하철과 기차, 마을버스를 타고 내려 십오 분 정도 걸으면 그 저수지에 도착할 수 있었다.

남은 오이냉국 국물을 한 번에 들이켰다. 목구멍이 시큰했다.

카운터에서 계산할 때 거기 서 있던 중년의 종업원과 몇 마디 나눴다.

맛있게 드셨어요?
좀 짰어요.
그러셨구나. 진작 말씀하시지.

카운터 너머에서 종업원은 입맛을 다셨다.

진작 말했더라면 뭐가 달라졌을까.
나도 뭔가 달라지기를 바라고 한 말은 아니었다.
피차 하나 마나 한 말을 또 주고받은 것이다.

4

8월 25일

나는 도서관 제2문헌실에서 편지를 쓰기 시작했다.

편지지와 펜은 편의점에서 산 것이었다.

편의점에서 편지지까지 살 수 있다니.

그저 백색의 종이가 아니라 보라색 잔꽃이 종이 귀퉁이마다 희미하게 그려진 것이었다.

8월 25일, 그렇게 쓰고 나서 편지 맨 위에는 날짜를 쓰지 않는다는 걸 깨달았다. 그건 일기였다. 아무려나. 상관없었다.

8월 25일. 더운데 잘 지내니.

한 줄 쓰고 나니 막막했다. 여백이 너무 많고. 무리였을까.

편지를 건네주고 싶은 것과 편지를 쓰는 일은 다른 것이었다.

어쨌거나 끝까지 썼다.

그 편지지의 맨 밑 줄까지.

맨 밑에 한번 더 날짜를 쓰고 나니 날짜가 가장 중요한 편지 같았다.

5

L과 나는 저수지가 내려다보이는 카페로 들어갔다.
예보된 태풍이 오지 않고 바람도 비도 없었다.
카페 통유리창 밖으로 마른번개만 계속되었다.

밤에도 저렇게 계속 번쩍거리던데. 봤니?
봤지.

L과 나는 사 년을 만났고 동거는 내 집에서 육 개월 남짓이었다.
그리고 지난 오 개월은 서로 연락하지 않았다.
완전히 헤어진 것이라고 생각했는데. 아니었을까?

단발이었던 L의 머리칼은 쇄골까지 자라 있었다.
전보다 좀 말랐는지 쇄골이 더 도드라져 보였다.
목이 좀더 길어진 것도 같았다.
처음 보는 실 같은 목걸이를 하고 있었고.
눈은 더 길게 찢어진 것 같은데 화장을 짙게 한 것 같지는 않았다.

무언가 많이 달라 보였는데, 향수를 바꾼 것 같았다.
왜 바꾼 걸까.
L은 이미 휴가를 다녀왔는지 그을린 것도 같았다.

휴가 갔다 왔니?
제주도.

L은 제주도에서 이 주 머무르며 이 주 내내 수영을 했다고.

비가 오는 날에도?
비가 오는 날에도.

L과 나누는 대화는 좀처럼 깊이로 흐르지 못했다.

가슴께가 답답했는데 L 때문만은 아닌 것 같았다.
찢어발겨진 바람 인형의 영향이거나 지속되는 여름 때문인 것 같았다.

제주도에서는 수영만 했니?
고기도 먹고 술도 먹고 그랬지.

L은 제주도에서 수영하고 고기 먹고 술 먹고 잘 지낸 것 같은데.

이 여름이 다 가도록 나는 무얼 했을까.

집과 도서관, 백반집이나 기사식당, 마트, 편의점이 전부였다.

내내 더웠고 팔다리가 무거웠다.

복직을 해야겠다는 생각이 스쳤다. 곧 사라질 그 생각의 끝을 붙잡자 걷잡을 수 없이 복직에 대한 열망이 부풀어 오르고. 마주앉은 그을린 L과의 재회는 별것 아닌 일상처럼 느껴졌다.

잘 지낸 것 같아서 좋네.

내 말에 L은 무표정이었다.

너는 뭐가 그렇게 매사 불만이야. 나는 속으로 중얼거렸는데, L은 내 말을 들은 것처럼 얼굴을 찡그렸다.

추석에는 내려가니?

잠깐 얼굴만 비칠 거야.

질문은 계속 내가 했고 L의 대답은 무심하고 무성의했다.

L은 마치 내가 만나자고 해서 억지로 나온 사람처럼 퉁불은 얼굴을 하고 앉아 있었다.

내가 알던 L은 저렇게 입을 다물고 오래 앉아 있는 타입은 아니었는데.

L은 어떤 타입이었던가.

별 대화 없이 시간이 흘렀지만 어색하지는 않았다.

복직의 과정과 발급받아야 할 사소한 서류들이 머릿속을 휘저었다.

너 차에 치여본 적 없지? L이 내게 물었다.

그때 나는 집에 있는 프린트기에 잉크가 남아 있는지 아직 잘 작동되는지 그런 생각을 하고 있었고, L의 물음을 바로 알아들을 수 없었다.

안 치여봤어. 나는 대답했다.

그래서 넌 충격이라는 게 뭔지 모르는 거야.

L은 충격에 대해서 이야기하고 싶은 것일까.

L은 나보다 세 살 어렸는데 처음 만난 그때부터 나를 너,

너, 그렇게 불렀다.

나갈까?

L과 나는 캔맥주를 사서 물가를 걷기로 했다.

걷다가 적당한 그늘을 찾아 캔맥주를 마시자. L이 제안했다.

캔맥주는 어디에서 사지? 내가 묻자 L은 고갯짓으로 유리창 너머를 가리켰다.

'입구매점'이라는 곳이 내려다보였다.

6

L과 나는 저수지 둘레를 걸었다.

쉴 만한 그늘은 보이지 않았다.

더워서 걸으며 캔맥주를 마셨다.

걷다가 얕은 물가와 이어지는 자갈밭을 발견하고 우리는 그리로 향했다.

우리의 목적지인 것처럼 자갈밭이 반가웠다.

L은 나보다 앞에서 걸었고.

L은 물 쪽에 가까이 다가가 멈춰 섰다.

발끝이 젖지 않을까. 나는 L의 뒷모습을 보며 생각했다.

나는 L과 열 걸음 정도 떨어져 있었다.

L은 무슨 생각인지 꽤 오래 물을 향해 서 있기만 했다.

나는 이만 돌아가고 싶기도 했다.

나 먼저 갈게. 말하고 싶었다.

나 먼저 갈게. 내가 속으로 말하자 L은 내 목소리를 들은 것처럼 서 있던 자리에 주저앉았다.

주저앉은 L의 그림자가 내 발치께까지 길게 드리웠다.

서 있을 때보다 앉았을 때 더 길어지는 그림자라니.

여기에 앉아. 나는 넙적하고 큰 돌을 찾아 L의 옆에 내려놓았다.

L은 나를 올려다보고 너무 고마운지 눈물을 흘렸다.

돌 꿈을 꿨어. L이 말했다.

L은 매끈한 흰 돌 꿈을 꾸었다고 했다. 입에 넣으니 뜨끈했다고. 삼킬 수 있을까. 침을 넘겨보고. 목구멍에 치받히는 느낌이 생생했다고. 뱉어내자 돌은 약간 투명해져 있었고 뿌리가 자라나 있었다고 했다. 설탕 가루 같은 결정이 아래로 매달린 모습이었는데. 점점 더 길게 매달려 거칠고 가느다란 유리관의 모습이 되었다고 했다. 뿌리라고밖에는. 물에 담가두면 돌이 자라날 것 같은 꿈이었다고 했다.

잠에서 깬 L은 나에게 꿈을 말하고 싶었다고.

제주도에서 L은 수없이 많은 돌을 봤는데 꿈에서의 돌처럼 아름다운 것은 보지 못했다고.

L은 누구와 다녀왔을까. 이 주 동안 제주도에. 나는 묻지 않았다.

우리집에 갈래? 그 말도 하지 않았고.

맥주가 모자란 것 같은데. 더 마실까? 묻지 않았다.

향수는 왜 바꿨니? 묻지 않았다.

내 사진은 다 지웠니? 묻지 않았다.

태몽 아닐까? 내가 물었다.
태몽은 무슨 태몽. L이 말했다.

오빠는 그대로네.
    L은 카페에서와는 사뭇 달라져서 나를 부르는 호칭이 오빠가 되어 있었다.

너도 그대로야. 내가 말하고.
나야 그렇지. L이 말했다.

대화는 다시 툭 끊겼고, L과 나는 자갈밭에 앉아 물을 봤다. 찌는 더위였지만 물이 찰랑이는 소리가 좋았다.

L은 하고 싶은 말이 더 있는 것 같았다.

돌 꿈 이야기보다 더 하고 싶은 말이.

L은 내게 묻고 싶은 것들을 구태여 묻지 않고 있으리라.

L이 나에게 묻고 싶은 것들은 무엇일까.

나는 물수제비를 뜨고 L은 구경했다.

열심히 돌을 던지고, 열심히 구경하는.

물수제비를 위해서 만난 사람들 같았다. 그것도 나쁘지 않았다.

방금까지 사나웠던 해가 산능선 쪽으로 기울고.

저 산이 북한산인가. 청계산인가. 남산은 아니다.

우리 만날 때 같이 등산은 몇 번이나 해보았던가.

꽤 했었지.

그런 하잘것없는 말들이 오갔다.

치열한 진심이 오간다 해도 달라질 것은 없을 것이었다.

L이 하고 싶은 말을 다 한다 해도 나는 알아듣지 못할 것이다.

내가 하고 싶은 말을 다 한다면 L은 화가 날 것이다.

L은 자신의 고통에 대해서 말할 것이고. 나는 나의 우울을 말할 것이다.

L의 고통과 나의 우울이 조금도 다르지 않고 완전히 같은 것이라 할지라도 우리는 확인할 수 없을 것이다.

더 어두워지기 전에 헤어지자. L이 말했다.
그래. 그렇게 하자. 나는 도서관에서 쓴 편지를 L에게 건넸다.

고마워. L이 말했다.
나도 고마워. 내가 말했다.

우리는 저수지에서 벗어나 함께 마을버스와 기차와 지하철을 탔다.
지하철에서 우리는 나란히 앉았다.
나는 잠깐 졸았다.
깨었을 때 L은 옆자리에 없었고, 이상한 일은 아니었다.
L은 내려야 할 역에 내렸을 뿐이겠지.
나는 내가 내려야 할 역까지 가고 있는 것이었다.
나는 일곱 정거장을 더 가야 했다.
다시 졸고 싶기도 했는데 잠들지 못했다.

7

하늘은 먹구름으로 가득했다.

태풍이 곧 관통할 것이었다.

하나, 둘, 거리의 사람들은 느리게 걸었다.

사람들은 한 번씩 하늘을 올려다보고 불어오는 거센 바람에 멈춰 서기도 했다.

세차장 앞에 새로운 바람 인형이 서 있었다.

바닥에서부터 격렬하게 몸체를 일으키고 바람에 팔을 뻗고 허리를 꺾었다.

나는 저것보다는 더 움직인다. 바람 인형을 보며 생각했다.

더 움직인다는 것보다 잘 움직인다는 것이 맞을까.

더 움직인다는 것도 틀린 말은 아니다. 저 바람 인형은 바닥에 고정되어 있으니.

내가 더 자유롭고 또.

아무튼 저것보다 낫다.

더 나은 팔다리의 흔들림으로 걸었다.

복직하기 전에 어딘가 다녀와야 하지 않을까.

복직하기 전에 어딘가 가야 한다면 바다가 좋을 것이다.

제주도는 어떨까. L은 거기에서 이 주나 머물렀다고 했는데.

제주도에서 비가 와도 수영하고 고기 먹고 술 먹는 잠깐의 생활은 어떨까.

요즘 제주도는 어떤지, 어디가 제일 좋았는지, L에게 더 물어보았어야 했을까.

L이 꿈에서 보았다던 돌을 나도 보고 싶었다.

8

나는 도서관 제2문헌실에 앉아 유리 밖을 보았다.

천둥소리가 요란했다.

굵은 비가 유리창을 때렸다.

가끔 하늘이 번쩍일 때면 은퇴한 것으로 보이는 한 무리의 노인들이 창밖을 향해 고개를 돌렸다. 그 느리고 규칙적인 움직임을 보다가, 여기서 내가 가장 어린 것 아닐까 하는 생각이 들었다.

복직을 위해서는 증명해야 할 자잘한 것이 많았다.

구비 서류 중에는 휴직 기간 중의 활동을 기입해야 하는 것도 있었다.

나는 그동안 읽은 책 몇 권의 제목을 적고, 우울과 발목 염좌의 호전 정도를 적었다.

그동안 먹은 것, 본 것, 들은 것, 반복한 것, L에 대한 몇 가지 감정들, 지난한 여름에 대해서는 쓰지 않았다. 쓰고 싶기도 했다. 그런 것들은 어디에 써야 하는 것일까. L이 두고 간 낙서장에 쓰면 되지 않을까, 생각했다. 그런데 그건 낙서장이 아닌 것도 같았다. 낙서보다 더 중요한 L의 메모가 적혀 있었던 것 같은데. L의 계획이나 후회, 그런 것들이 적혀 있으리라. 나는 확인하고 싶었다.

도서관 밖으로 나왔을 때 L을 닮은 여자가 내 옆을 스쳐 갔다.
L을 닮은 여자라는 말은 잘못된 것이었다.
여자는 우산을 쓰고 있었기 때문에 얼굴은 잘 보이지 않았다.
그러나 L을 닮은 여자였다.
그을린 팔과 다리와 코코넛 향수 냄새가 L과 같았다.
내리막길을 걸으면서 거칠게 쓸려내려가는 빗물을 보았다.
모든 게 너무 빠르다는 생각이 들었다.

가
사

1

뭔가 치는 소리가 들려오고.
가슴을 치는 건지 벽을 치는 건지, 보이지는 않았다.

나는 싱크대 앞에 서서 그릇을 닦았다.
과격한 소리로 현관문이 열리고 닫혔다.
방에서 여자의 우는 소리가 들려왔다.
여자는 울다가 뭘 집어던졌는지 부딪히고 깨지는 소리가 들리기도 했다.
부서지고 깨진 파편들, 나는 그런 것까지 치우지는 않았다.

이 집에는 네 개의 방이 있는데, 나는 방 청소는 하지 않았다.
내가 하는 일은 주 1회 화장실 타일 바닥과 욕조를 닦는 것, 거실과 주방 정리, 쓰레기 배출. 요청이 있는 날에는 음식을 만들었다.

여자는 찜닭, 카레, 스파게티 소스, 만두 같은 것들을 말했다.

여자는 채소가 적고 고기가 많은 만두를 좋아한다고 했다.

여자는 만두를 찍어 먹을 시큼한 고추기름 간장을 만들 수 있는지, 만두피가 될 밀가루 반죽도 직접 할 수 있는지 내게 물었다.

나는 소스는 만들 수 있고, 반죽은 할 수 없다, 대답했다.

여자는 웃으며, 그렇죠, 그건 하는 사람이나 하죠, 했다.

여자와 남자 사이에 아이는 없는 것 같았다.

식기나 화장실 안에 비치된 것들이 단출했다.

식탁은 6인용으로 그 둘이 쓰기에는 큰 것이었다.

상판은 옥으로 만들어진 것이었다.

언젠가 옥 식탁을 손바닥으로 훑었을 때 푹 팬 자리가 군데군데 만져졌다. 뭘 떨어뜨리고 깨진 적이 있는 것이었다.

몇 살이나 됐어요? 처음 이 집에 방문했던 날, 여자가 웃는 얼굴로 내게 물었다.

여자와 나는 식탁을 사이에 두고 마주보고 앉은 채였다.

나는 내 나이를 대답했다.

여자는 나보다 열두 살 많았다.

이 집에 사는 남자는 몇 살이나 되었을까. 어떤 날 남자는 여자보다 서너 살 어려 보였고, 어떤 날에는 여자보다 대여섯 살 더 많아 보였다.

여자와 남자는 그들이 집에 있을 때 내가 방문하기를 원했다.
주로 문을 여는 것은 여자였다.

언제부터였는지, 아마 석 달 전부터 아니었을까.
여자와 남자는 내가 방문하는 날에도 거리낄 것이 없다는 듯이 크게 다투었다. 언성을 높이고 손에 잡히는 물건을 던지기도 했다.

주 2회 오시고 2시간 정도 머무십니다. 6개월 지났는데 아직 현관 비번 안 알려드렸고요. 이모님 일하실 때 저희 부부도 항시 집에 있어요. 없는 사람 같아서 좋아요. 정말 가사만 하신답니다. 무단으로 연락 안 되는 일도 없으셨습니다. 손끝에 군더더기 없이 야무지셔요. 여러모로 저희 가족과는 잘 맞는 것 같아서 계속 같이 갈 생각이에요.

이 집의 여자가 나에 대해 쓴 글을 본 적이 있다.

조회수 358이었다.

계속 같이 갈 생각,
가긴 어디로 간다는 것일까.

석 달 전이었다.
남자는 오후 세시부터 만취해 귀가했다.
현관문을 거칠게 열고 달려들 듯 여자를 끌어안고 여자의 목덜미에 얼굴을 파묻고, 쩝쩝대는 소리와 함께 숨을 몰아쉬었다. 여자는 남자를 밀쳐내지는 못하는지, 않는 것인지, 얼마간 그렇게 둘은 거실 한가운데 선 채로 엉겨 있었다.

나는 등을 돌리고 싱크대 앞으로 가 물을 틀었다.

2

차 한잔하고 가요.

여자가 눈두덩이 부은 얼굴로 방에서 나왔다.

여자는 내 쪽으로 비적비적 걸어왔다.

여자의 얼굴이 가까워지자 부담스러웠다.

차를 한잔하자는 것은 여자에게 처음 들어보는 말이었다.

여자는 커피포트에 물을 받아 끓이고 싱크대 서랍에서 티백이 든 상자를 꺼냈다.

여자는 찻장에서 백색 찻잔을 꺼냈다.

미안해요. 살다보면 보기 싫은 것도 보고, 듣기 싫은 것도 듣게 되고 그래요. 이해하죠? 여자가 나에게 동의를 구하는 것 같았다.

나는 네, 대답했다.

연우씨는 아직 미혼이죠? 여자가 내게 묻고.

나는 또 네, 대답했다.

미혼이면 말해도 모를 거예요. 모르는 게 나아요. 여자는 혼자 재미있다는 듯이 히죽거렸다.

향이 어때요. 여자가 내게 물었다.
좋아요. 내가 대답했다.

차는 진한 체리 향이 났다. 영국 것이라고 했다.

연우씨는 이 일 말고 다른 일은 안 해요? 여자가 묻고.
나는 네, 했다.

연우씨 아직 어린데 앞으로 재미있는 계획 같은 거 없어요? 여자가 묻고.
나는 없어요, 했다.

연우씨 집은 어디예요? 여자가 묻고.
나는 여기서 멀어요, 했다.

연우씨 바쁠 텐데 내가 괜히 붙잡았나봐요. 여자가 말하고 또 혼자 웃었다. 이번엔 멋쩍다는 듯이 흘린 웃음이었다.

아니요. 바쁘지는 않아요. 나는 말하고 차를 마셨다.

아아, 그래요. 여자가 말하고, 곧 입을 다물었다.

그럼 연우씨는 쉬는 날 뭐해요? 취미 같은 거. 여자가 좋은 생각이 났다는 투로 내게 물어왔다.
동네 카페에 노트북 가져가서 영어 타자 연습해요. 두 시간 정도 하다보면 스트레스가 풀려요. 나는 대답했다.

여자는 내 대답에 더는 말을 붙이지 않았다. 여자는 이제 내가 나가주기를 바라는 것 같았다.

그 집에서 나왔을 때, 너무 밝은 오후 네시 반이었다.
아파트 건물의 그늘이 드리워진 곳으로만 돌고 돌아 걸었다.

3

여자와 남자를 다시 마주친 것은 그들의 아파트 단지 정문에서였다.

나는 그들의 집으로 출근하는 길이었고, 둘은 어디를 다녀오는 것 같았다.

둘 다 금방이라도 잠들 것 같은 졸린 얼굴이었다.

여자와 남자가 내 쪽으로 다가왔고, 우리는 곧 같은 방향, 그들의 집을 향해 걸었다.

얼굴 정면으로 햇빛이 사나웠다.

놀이터를 지날 때 여자가 입을 열었다.

어머니가 돌아가셨어요. 여자는 나를 쳐다보지는 않고 걷는 걸음에 흘려 말했다.

수요일에 돌아가셨어요. 연우씨 다녀간 날 밤에, 연우씨가 만든 만두 드시고. 잘 드셨는데. 사람 사는 게 참 허무하네요. 여자는 그렇게 말했다.

참 허무하네요, 하는 말끝에 여자는 입맛을 다시기도 했다.

남자는 거의 눈을 감고 걸었다.

오늘은 그들의 집에 가지 않는 게 나을 것 같다는 생각을 했지만 어떤 말을 전하기가 어려웠다.

여자가 제일 먼저 집안으로 들어가고 남자가 이어서 들어섰다.

여자는 내게 턱짓으로 들어오라 했고, 나는 들어갔다.

여자와 남자는 입고 있던 검은 외투를 벗어 거실 한가운데 떨어뜨렸다.

나는 그들이 벗어놓은 것들을 그러모아 정리하려다 잠자코 서 있었다.

여자는 옷방 옆의 방문을 열었다.

문이 열리자 한약 냄새, 비린 냄새, 걸레 냄새, 살 기름 냄새 같은 것들이 훅 끼쳐왔다.

열린 문 정면으로 큰 창이 있었고, 창은 주황색 면 커튼에 가려져 있었다.

늘 닫혀 있던 그 방이 비어 있을 거라 생각했었는데.

틈이 없이 채워져 있었다.

방안의 한 면 가득 자개장롱이 메우고 있었다.

형형색색의 담요가 바닥에 아무렇게나 펼쳐져 있었고 그 주위로 잡다한 물건들이 흩어져 있었다. 색동의 둥근 바늘꽂이와 두껍고 흰 실패, 약 봉투, 뜯어진 건빵 봉투, 둘둘 말려 처박혀 있는 옷가지, 굵고 긴 흰 양초, 한쪽 모서리에 기대어진 포대, 그 안의 팥과 쌀이 한눈에 들어왔다.

여자가 방안의 주황색 커튼을 열어젖히자 해가 들이쳤다. 자개장롱에서 반사된 빛이 방안에 흩어졌다. 쏟아지는 햇빛에 둥둥 떠다니는 먼지가 보였다. 여자는 얼굴 앞에서 손을 내저었다. 미간을 일그러뜨리고 고개를 젓기도 했다.

남자는 방바닥에 쭈그려앉아 흐느끼기 시작했다.

남자는 손안 가득 잡다한 물건들을 잡아보았다가 놓고, 잡았다가 놓았다.

여자와 남자는 방안에서 서로 어깨가 닿을 일 없을 것처럼, 눈도 마주치지 않을 것처럼 각자 다른 속도, 다른 방향으로 움직였다.

오늘 내가 이 집에서 해야 할 일은 무엇일까.

어제 낮에 여자에게서 냉면 육수와 소고기 편육을 만들어달라는 연락을 받았었다. 소고기 편육 밑에 찐 부추를 깔아달라는 구체적인 주문도 있었고, 부추와 소고기를 찍어먹을 소스에 대한 이야기도 전해왔다.

냉장고 두번째 칸에 재료 있습니다.

그 문자메시지를 보낼 때 여자는 장례식장에 있었던가.

나는 주방을 향해 걸었다.

냉장고 문을 열고, 냉장고 두번째 칸에 크게 썰린 한 덩이 소고기, 무, 부추, 팩 포장된 사골 국물과 동치미가 있었다. 옥 식탁 위로 다 꺼내었다.

4

같이 먹고 갈래요?
여자가 삶은 면발을 헹구며 말했다.
여자는 손가락 두 개에 면을 휘감아 흰 사기대접에 옮겼다.

남자가 세수를 했는지 말간 얼굴로 나타났다.

여자는 내 것까지 세 개의 그릇을 준비했다.
아직 육수가 뜨거운데요. 나는 여자에게 말했다.

얼음을 넣어야겠어요. 여자는 내가 만든 식지 않은 육수를 면 위에 붓고, 거기에 잔뜩 얼음을 부었다.

여자와 남자와 나는 6인용 식탁에 띄엄띄엄 앉아 식사를 시작했다.
싱겁고 질겼다.

웬 냉면이야. 남자가 물었다.
여름이잖아요. 여자가 대답했다.

이것도 버릴까요? 여자가 식탁을 가볍게 두드리며 남자에게 묻고.

남자는 대답하지 않았다.

언제부터 버리고 싶었어? 남자가 묻고.
여자는 대답하지 않았다.

그래 다 버려. 남자가 말하고.
자개장은 중고로 내놔도 될 것 같아요. 여자가 말했다.
연우씨 혹시 관심 있으면 가져가도 좋아요. 여자가 내 쪽을 보고 말했다.
뭘 가져가라는 것일까. 자개장을 가져가라는 것일까.

뭘 가져가라는 건가요? 내가 여자에게 물었다.

저 방에 있는 것 중에 필요한 게 있으면 뭐든 가져가요. 여자가 문이 닫힌 방 쪽으로 눈짓을 했다.

연우씨한테 그런 게 왜 필요해. 남자가 목소리를 높였다.
필요할 수도 있잖아요. 여자는 말끝에 젓가락을 내려놓

았다.

옥에 스테인리스 젓가락 닿는 소리가 요란했다.

사과해. 남자가 말하고.
무슨 사과요. 여자가 말했다.

버러지 같은.
상종 못할.
쓰레기.

그런 말들이 이어지다 누군가 허공으로 흰 사기그릇을 던졌다.
내 눈꺼풀과 뺨에 냉면 육수가 튀고.
차갑고, 잠깐 눈앞이 흐렸다.
뺨에 들러붙은 얼음 파편을 손으로 훑었다.
손바닥이, 뺨이 따갑고.
옥 식탁의 무늬가 물살처럼 어지러웠다.
왼쪽 귀가 간지럽고 뜨거웠다.
아마 누가 내 귀에 대고 귓속말을 하는 것 같은데.
알아들을 수는 없었다.

저는 이만 가볼게요. 나는 자리에서 일어났다.

남자와 여자가 내 얼굴을 올려다보았다.

둘의 얼굴은 붉고.

남자의 눈 코 입이 일그러져 흘러내릴 것 같았다.

여자의 눈 코 입은 어떠한가.

화가 난 걸까.

왜.

뭔가 치는 소리가 들려오고.

가슴을 치는 건지 벽을 치는 건지, 보이지는 않았다.

변신

1

여자는 잡채를 좋아한다고 했다.

잡채가 너무 좋아서 잡채 속에서 헤엄을 치고 싶다고.

여자의 팔이 희고, 길고.

나는 정말로 여자를 잡채 속에서 헤엄치게 해주고 싶었다.

텅 빈 컨테이너 박스 안을 오분의 사쯤 잡채로 채운 다음 여자를 들여보내주면, 그러면 되지 않을까. 헤엄을 쳐야 한다면 걸어들어간다기보다 뛰어드는 게 맞겠지. 잡채 속으로 뛰어들기 위해서는 마땅한 다이빙대가 필요할 것이었다. 빨간색 철제 다이빙대가 어울리지 않을까. 빨간색이건 철제건 어렵지 않았다. 컨테이너 박스의 천장은 제거하고, 어느 한구석에 빨간색 페인트를 칠한 철제 다이빙대를 용접하고. 문제는 당면이었다. 당면은 쉽게 불어나니까. 여자가 잡채 속을 헤엄치는 동안에도 불어날 것이다. 컨테이너 내부는 불어난 당면과 여자로 꽉 차게 되고. 꽉 차고 난 후에도 여자의 콧구멍, 목구멍, 구멍이란 구멍 속에서 다. 따듯하고 미끄덩하게 여자는 잡채 속에서 멈추고.

잡채 속에서 죽고 싶어? 나는 여자에게 물었다.

죽고 싶다기보다 변신하고 싶어. 여자가 대답했다.
여자는 내게 『변신』이라는 책을 건네주었다.

2

　책에 등장하는 인물은 총 아홉이었다.

　인물 중 한 남자는 갈색 조명 아래에서 헐벗는다. 그 남자는 가죽소파의 이음매에 자기 성기를 넣어 자위를 하고, 그러니까 소파와 인물은 십자 형태를 이루게 된다. 소파의 가죽은 아이보리였다. 인물은 가죽에 오일을 발라 닦는 관리 작업중에 흥분을 느낀 것이었는데. 소파 가장자리의 박음질한 실밥이 약간 풀렸던 것, 실밥이 풀어진 자리의 가죽이 벌어졌던 것. 인물은 거기에 몰두한다. 아이보리 가죽이 핏기 없는 창백한 사람의 피부와 같다고 묘사되어 있었다. 또 사람에게서는 절대 느낄 수 없는 질감이라고도 쓰여 있었다. 인물은 가죽소파에 오일이 물방울처럼 맺힌 모습을 탐닉하는 등……

3

여자와 나는 비 오는 거리를 걸었다.

태풍이 가까워지고 있는 것 같아. 여자가 말했다.

한낮인데 어둡고 바람은 여러 방향에서 불어닥쳤다.

무섭니? 내가 여자에게 물었다.

무섭지 않아. 여자가 대답했다.

비는 연일 계속되었다.

우산을 들고 걷던 나는 거리의 한구석에서 보았다.

저건 가죽소파고, 버려진 것이다.

소파는 자주색 가죽이었다. 소파 이음매에 자지를 넣고 자위를 한다던 인물이 떠올랐다.

저런 소파는 아니겠지. 저렇게 때가 타고 헐은,

한편 때가 타고 헐수록, 그런 소파에 더 끌릴 수 있었고.

그럴 수 있는 일이었다.

소파는 벗은 사람처럼 버려진 자리에서 비를 맞고 있었다.

사람의 피부처럼 물이 닿아도 스미지는 않고.

소파에 삽입하고 사정은 어디에 해야 하는 걸까.

밖으로 꺼내서? 소파 내부에서?

너 너무 아무 말이나 하지 마. 여자가 내게 말했다.

4

 잡채 먹고 싶다. 여자가 말하고, 나는 여자의 옆모습을 본다.

 잡채 만들어줄까? 내가 말하고, 여자는 앞으로 걷는다.

 여자와 나는 얼굴로 바람을 맞고 있다.

 어두운 구름이 빠르게 흐르고 우산이 몇 번 뒤집힌다.

 바람이 가로수 가지를 꺾고 공중의 만국기 줄을 끊는다.

 한순간 가늘고 억센 줄이 여자와 나의 목에 휘감긴다.

 곧 우리는 같은 방향으로 쓰러진다.

 눈앞에는 배가 부른 소파가 서 있고.

 지금 저 소파가 나를 내려다보고 있는 걸까.

 너 너무 아무 생각이나 하지 마. 길바닥에서 여자가 자기 목을 쥐어뜯으며 말한다.

 여자의 희고 긴 팔이 먹색 허공을 휘젓는다.

 그사이 소파의 배는 더 커진 것 같은데.

 나는 뭔가 필요하다고 생각한다. 가는 줄을 간단히 끊을 수 있는 도구.

 나는 내가 무언가로 변신해야 한다고 생각한다. 목에

감긴 줄보다 대단한 것으로.

나는 내가 무엇으로도 변신하지 못할 것을 알고 있다.

길바닥에 누워 터질 것 같은 얼굴로 버둥거리는 수밖에.

예
지
5

잘한 것과 잘못한 것. 먹은 것. 반성. 변명. 날씨.

A는 구름에 대해 썼다.

A는 유리창과 시멘트 벽을 번갈아 바라보았다.

구름으로 시작하여 구름 아닌 것으로 마무리되었다.

사실 A가 심취하는 것은 구름의 흐름이 아니었다.

A가 정말로 몰두한 것은 자신의 필체였다. 볼펜의 무게. 노트에서 반사되는 빛.

잘한 것

차에 치이지 않은 것.

잘못한 것

멈춰 서서 죄송하다고 말한 것.

약속을 많이 만든 것.

처음 보는 여자를 만진 것.

어깨. 앞에서 본. 아니 옆에서 본. 아무튼 어깨. 어깨를 만졌다. 나는 누구든 함부로 만지는 사람이 아니다. 잘못은 저지른 순간에 확신할 수 있다. 그 여자는 급히 사라졌다.

A는 화장실에서 나오는 여자의 어깨를 만졌다. A는 맥주 두 잔을 마신 상태였다. 그는 자신의 충동을 예측하지 못

했다. 짧은 순간이었지만 A는 거의 주물렀다. 여자는 놀랐고, A 역시 놀랐다. 죄송합니다. A가 사과하기 전에 여자는 사라졌다.

먹은 것
구내식당. 카레, 식빵, 커피 두 잔. 땅콩, 맥주.

어깨의 주인, 여자를 찾기 위해 A는 홀 안을 둘러보았다. 그 여자는 호프집을 아주 나가버린 것 같았다.

여자는 보이지 않았고, 홀 중앙에서는 싸움이 벌어지고 있었다.

왜 삿대질이야. 눈 찔렸잖아.

그럼 내 심장은. 내 심장은 어떻게 할 거야? 네가 소리질러서 지금 심장이 터질 것 같다고. 내 심장.

남녀가 서로에게 얼굴을 들이밀며 소리쳤다.

A는 동료들이 앉아 있는 자리를 향해 걸었다.

동료 b와 c는 떠들며 술을 마셨다.

동료들은 혼전순결에 대해 이야기를 나누고 있었다.

동료 c가 새로운 여자를 만난다는 것. 그 여자가 혼전순결에 대한 신념을 가지고 있다는 것이었다.

결혼했다손 치고 한번 하자고 해. b가 키득거리며 c에게 조언을 했다.

결혼했다손 치고. A는 속으로 중얼거렸다.

중얼거리는 것은 좋지 않다고 생각하면서 중얼거렸다.

무슨 생각 해? b가 A에게 물었다.

화장실에서 마주친 여자 어깨를 만졌는데, 여자가 사라졌어. A가 대답했다.

그게 뭐? c는 심드렁한 얼굴이었다.

사과하려는데 사라졌어. A가 말했다.

사과할 필요 없어. 그 여자가 처음 본 사람이라는 것은 문제가 아니야. 처음 본 여자를 얼마든지 만질 수 있지. 어깨든 가슴이든, 부위는 중요하지 않아. 어디든 만질 수 있지. 동의를 구하지 않은 것이 잘못일까. 그것도 아니야. 누구를 만지는 데 늘 동의를 구할 수는 없는 일이야. c가 말했다.

A는 별다른 대꾸를 하지 않았고.

너 그런데 두상이 왜 그래? 어릴 적에 어디서 떨어졌나? c가 A에게 물었다.

A는 고개를 들어 c를 쳐다보았다.

c는 A의 시선을 피하지 않았다.

네 대가리 왜 그렇게 생겼냐고, c가 눈으로 한번 더 묻는 것이었다.

어. 나 미숙아였어. 막 낳았을 때는 더 심했대. 전체가 터질 것처럼 빨갛고 울퉁불퉁하고. A는 자기 머리통을 만지며 c에게 대답했다.

아. 미숙아. c는 이해한다는 듯이 고개를 주억거렸다.

선후

선, 후가 있어야 한다. 구분되어야 하고, 구분할 수 있어야 하는 것이다. 마땅히.

A는 건강했다. A는 아직 식욕과 성욕이 왕성했다. 시력은 특히 좋았다. A는 회전문을 지날 때마다 공포를 느꼈는데, 사람과 사물이 모두 구체적이고 적나라하게 보였기 때문이다. A는 회전문의 속도가 늘 비현실적으로 느껴졌다.

빠르고 느림의 문제가 아니다.

A는 몸 여기저기로 공포를 실감했다. 때로는 베이는 것 같았고, 때로는 쇠젓가락 따위가 관통하는 듯했다. 귓속, 가슴팍, 발목이 그랬다.

발목
거기서 그렇게 너덜거려라.

블록

b와는 더이상 밥을 먹고 싶지 않다. b는 말이 많다.

b는 오늘 하루종일 내 옆에 서서 블록에 대한 이야기를 했다. 끝내 알아듣지 못했다. 블록에 대해서 말하기 전에 b는 화물차에 대해서 길게 이야기했다. b는 분명히 내게 기대하는 대답이 있을 것이었다. 그런데 그게 뭔지, 나에게 뭘 기대하는지 모르겠다. 같이 걷는 동안 어색할 뿐이다. 영원히 호응할 수 없다. b 덕분에 영원히, 영원히, 속으로 중얼거리는 습관이 생겼다. 그만 중얼거려야 한다. 겉으로든 속으로든 좋지 않다. 중얼거리는 것은.

좋은 블록이야. b는 A에게 맥주잔을 내밀었다.

무슨 블록? A가 되물었다.

네가 엊그제 그랬잖아. 오해는 구조물이 될 수 있다고. 쌓기만 하면 된다고 네가 말했잖아. 오늘 아침에 이마를 탁 치게 되더라. 네 말이 맞아. 오해는 오해로 남겨야 해. b가 싱글벙글한 얼굴로 말했다.

내가 그런 말을 했던가. A가 고개를 가로저었다.

블록이니 오해니, A는 자기가 했던 말을 기억하지 못했다. 기억하지 못할뿐더러 이해할 수도 없었다. 블록과 오해는 무슨 관계인가. A는 허공을 바라볼 뿐이었다.

기억 안 날 정도로 취했어? 술 좀 작작 먹어. C가 A에게 말했다.

그래. 그래야지. A가 대답했다.

오해. 블록. 오해. 블록.

오해는 블록으로 비유될 수 있다.

왜

오해는 구조물이 될 수 있다.

왜

오해는 오해로 남기자.

밑도 끝도 없다.

기억을 못하는 것은 분명히 문제다.

나는 알코올중독이 아니다. 알코올중독에는 항갈망제가 처방된다고 한다. 나는 무언가 갈망하기 때문에 술을 마시는 것이 아니다. 술 자체를 갈망하는 것은 더욱 아니다. 그러니 항갈망제는 나에게 맞는 처방이 아니다. 그냥 덜 마셔야겠다. 마시되 덜 마실 것.

외근을 나갈 때면 A는 기분이 좋았다. A에게 사무실은 세 시간 이상 앉아 있기 힘든 공간이었다. 어떤 날은 오전 업무보다 오후 업무가 더 힘들었다. 그리고 어떤 날은 오후 업무보다 오전 업무가 더 힘들었다.

사무실을 나온 A는 하늘을 올려다보았고, 구름을 무어라 기록해야 할지 잠시 고민했다.

구름
멈춤

흩어지지 않는다. 더 단단해지고 있는 것 같다. 왜 사라지지 않는가. 구름이 맞는가. 그 여자 어깨를 만진 것은 내 의지가 아니었다. 나 역시 불쾌하다. 그러나 내 의지가 아니었다면, 도대체 무엇일까. 누구도 나를 그 여자 쪽으로 밀지 않았다. 나도 나를 그 여자 쪽으로 밀지 않았다.

A가 외근을 나가는 길에 보았던 구름은 멈춰 있었다.
A는 십 분 먼저 약속 장소에 도착했다.
A는 거래처 I에게 문자를 보냈다.
세번째 칸에 있습니다.
십 분 뒤에 세번째 칸으로 I가 나타났다.
A와 I는 잠시 대화를 나눴다.
원래 서울 사람이에요?
네. 서울 사람이에요.
섬사람 아니에요?
아니에요.

서울에서 태어났어요?

네. 서울이요.

부모님도 서울 사람이에요?

네.

저기 좀 보세요. 가관이네요. 이해하세요.

이해합니다. A가 대답했다.

I와의 대화에서 대답은 모두 A의 몫이었다.

A와 I는 감사하다는 인사를 주고받은 후 헤어졌다.

둘 다 허리를 숙였다.

잘못한 것

I는 어리다. 너무 깊이 고개를 숙였다.

자네는 머리통이 참 커. 그리고 특이해. 특이하단 말이야. 상사가 A에게 말했다. A가 외근을 마치고 사무실로 복귀하자마자, A가 아직 자기 자리에 앉기 전이었다.

미숙아로 태어났답니다. C가 상사에게 말했다. C는 신이 난 목소리였다.

아하, 미숙아. 상사는 신기하다는 듯이 A를 훑어보았다.

그래, 근데 눈은 왜 그래. 눈빛이 영 좋지 않아. 상사가 한번 더 A를 지목하여 말했다.

허밍,

A는 누군가 흥얼거리는 소리를 들었다.

흥얼거린 것은 누구인가?

잘한 것
쳐다보지 않은 것.
대꾸하지 않은 것.

먹은 것
구내식당. 고등어.

    A는 구내식당 메뉴가 마음에 들었다. A는 잘 구운 생선을 좋아했다. 점심식사를 마친 후 사무실에 남은 것은 A뿐이었다. 동료들과 상사는 커피를 마시겠다며 밖을 나섰다. A는 혼자 있는 것이라면 사무실도 나쁘지 않다고 생각했다.

구름
구름
구름

사무실의 유일한 유리창은 얼룩으로 불투명했고, 구름은 보이지 않았다. A는 잠자코 자기 자리에 앉아 노트를 펼치고 구름, 이라고 여러 번 적었다. 나른한 시간이었다. A는 잠이 왔다. 구름. 졸음. 구름. 졸음. A는 긴장 없이 적어내려갔다. A가 거의 잠들었을 때, 동료들과 상사가 사무실로 들어섰다. 그들은 왁자하게 떠들며 등장했다.

하하. 이 친구 뭘 또 적고 있어. 상사가 A의 앞에 바짝 다가섰다. A는 쓰던 것을 감췄다. 그러나 A의 노트는 쉽게 감추어지지 않는 크기였다. 정사각형이었으며, 스프링이 달린 것이었다.

하하. 뭘 또 감춰. 하여튼. 상사는 몸통을 좌우로 과장되게 기울이며 A가 감춘 것을 들여다보고자 했다.

징크스가 있나봅니다. 상사 옆으로 c가 다가와 말했다.

징크스가 있어? c의 옆으로 b가 다가와 말했다.

우리는 우리만의 리그가 있다. 그건 거부할 수도 비난할 수도 없는 일이다. 괜찮다는 말을 들을 때마다 헛웃음이 난다. 괜찮다고 믿는 것은 능력이다. 얼마나 납득할 수 있는지의 문제이기도 하다. 문제가 많다.

A의 어떤 메모는 진심이었다.

A는 좀더 작은 노트를 사야겠다고 생각했다.

자. 일들 시작해. 상사는 금방 자리로 돌아갔다.

b와 c, 상사가 마신 커피는 어떤 맛이었을까.

나는 그 여자 어깨를 왜 만졌을까.

A는 별로 궁금하지 않은 것을 오래 생각했다.

업무가 끝난 후에, 장어를 먹자고 제안한 것은 c였다.

혼전순결은 어쩌고 장어를 먹자는 거야. b가 c에게 물었다.

아. 끝났어. 그냥 장어 먹자고. 내가 살게. c는 바지 주머니에 양손을 꽂고 서서 말했다.

그래 가자. 블록에 대해서 좀더 이야기해보자. b가 불쑥 A의 팔을 붙들었다.

잘못한 것

b와는 조금 더 떨어져 걸어야 했다.

거울을 닦는 마음으로 살아야 해. 거울을 닦아봐. 네가 살 길이 보일 거야. 거울을 좀 여러 개 사. 사 모아. 의자도 사 모으고. 섬도 사 모아. 섬 별로 안 비싸. 너 섬 출신이니까 잘 알 것 아니야? b는 금방 취했고, 횡설수설이었다.

섬 출신 아니야. A가 대답했지만, b는 듣지 못했다.

왜 벌써 취해서 난리야? 정신 차려. c가 b에게 말했다.

정신 차리라고 말하고 싶어서 오늘 장어 네가 사는 거야? b는 비아냥거렸다.

나가자고 제안한 것은 A였다.

안 나가겠다고 버틴 것은 b였다.

씨발 진짜. 말끝마다 욕을 한 것은 c였다.

거래처 I가 나타났을 때 A, b, c 모두 놀랐다.

여기 웬일이야? 누군가 I에게 물었고, 부르셨잖아요, I가 대답했다.

b와 c 중 I를 부른 것은 누구인가?

A, b, c, I는 자리를 옮기기로 했다.

A는 걸으며 휠, 휠, 휠, 속으로 중얼거렸다.

A는 정말 걷고 싶지 않아서 전동 휠을 구입하고 싶었던 것이다.

걷고 싶지 않은 것은 동료들도 마찬가지였다.

c는 씨발을 연신 내뱉었고, b는 기어가듯 걸었다. I는 자기가 왜 걷고 있는지 이유를 모르는 얼굴이었다.

누가 걸음을 이끌었는가?

손님. 상식적으로 닭발을 앞니로 먹지는 않지요.

그건 네 상식이고.

그렇다면 손님 앞니는 손님 사정이지요.

A, b, c, I가 주점에 막 들어섰을 때, 내부에서는 직원과 손님의 실랑이가 벌어지고 있었다. 손님은 닭발을 먹다가 앞니가 부러졌다고 항의했고, 직원은 믿지 않았다.

요즘은 곳곳이 소란스러워요. 이해하세요. I가 말했다.

이해합니다. A가 대답했다. I는 씩 웃었고, A는 잠시 동안 그 웃음의 의미에 대해서 생각했다.

선택된 안주는 해물 샐러드였다.

누가 안주를 골랐는가?

주문 후 오 분이 지났을 때 테이블에 안주가 올라왔다. 해물 샐러드 안에 해물은 총 세 가지였다. 오징어, 새우, 생선살. 그것들은 모두 튀겨져 있었다. 오징어, 새우, 생선살 튀김에 양상추와 토마토가 섞여 있었고, 드레싱은 식초였다.

아니. 누가 튀기랬어. 씨발. 진짜. c가 안주가 담긴 접시를 툭툭 건드렸다.

튀겼으니 맛이 없지는 않을 겁니다. 이해하세요. I가 말했다.

야, 너 장어 그렇게 먹고 혼전순결 지킬 수 있겠어? b는 두서없이 취했다.

A는 해물 샐러드를 상대로 술을 마셨다. A는 동료들과 전혀 대화를 나누지 않았다. 몇 번인가 어, 어, 대답하기는 했는데, 질문을 듣고서 소리를 낸 것은 아니었다. 허리가 뻐근해서 어, 어, 한 것이었다. A는 동료들의 목소리보다 옆 테이블의 목소리가 더 잘 들렸다. 오른편과 왼편. A는 듣고 싶지 않아도 그들이 하는 이야기를 다 들었다. 들렸다.

귀가 열리는 시간이 따로 있는가?

오른편 테이블에 앉은 중년 남자 둘은 실종된 주변인에 대한 이야기를 나누고 있었고, 왼편에 앉은 남녀는 다음 만남 때 장미공원에 갈지 영화를 볼지에 대해 이야기를 나누고 있었다. A는 열린 귀로 그들이 하는 말들을 또박또박 다 알아들었다.

내 딸은 열넷에 집을 나갔어. 지금은 스물여덟쯤 되었겠군. 스물아홉? 서른은 아닐 거야. 아닐 거야. 나는 그애가 보고 싶어. 장미를 볼까. 영화를 볼까. 장미를 보러 가는 것도 두 시간 정도, 영화를 보는 것도 두 시간 정도 걸려. 돌아올까? 걷느냐, 앉느냐, 우리가 결정하는 건 그거야. 돌아올 거야. 돌아온다고? 네가 뭘 알아. 두 시간도 좋고 세 시간도 괜찮아. 돌아올 거야. 네가 뭘 알아. 장미가 아직 살아 있으려나. 살아 있지. 그럼. 그리 쉽게 지지 않아. 돌아온다고? 네가 뭘 알아. 당장 결정 안 해도 돼. 하기야 뭘 하든 같이 있는 게 중요하지. 네가 뭘 알아. 함부로 말하지 마. 넌 몰라. 돌아오지 않을 거야.

A는 어지러웠다.

메슥거리기도 했다.

입안에 뜨겁고 불쾌한 침이 고였다.

뱉고 싶었는데, 뱉을 곳이 없었다.

나는 왜 그 여자 어깨를 잡았는가?

A는 깨달았다. A는 그 여자를 만진 것이 아니었다. 잡은 것이었다.

나는 왜 그 여자 어깨를 잡았는가?

돌아오지 않는대도 네 잘못은 아니야. 네가 뭘 알아. 장미를 보러 갈 때 비가 오면 좋겠어. 비 내리면 장미가 더 환하게 보일 거야. 너 그렇게 웃지 마. 너무 예쁘잖아. 웃겨? 지금 웃겨? 왜 삿대질이야. 다치겠어. 그만해. 우산은 하나로 같이 쓰자. 내 심장.

A는 동료들에게 인사하지 않고 먼저 주점을 빠져나왔다. 어지러워서 앉아 있기 힘들었다. 나가는 등 뒤에서 c가 씨발, 외쳤는데, A는 그 소리가 자기를 향한 것인지 아닌지 알 수가 없었다. c가 씨발, 하는 순간에도, 여러 테이블의 목소리가 한꺼번에 들렸기 때문이었다.

A는 비틀거리지 않았지만 충분히 취해 있었다. A는 구름에 대해 기록하기 위해서 하늘을 올려다보았다.

구름
장미
비

집으로 돌아온 A는 구름에 대해 더 풍부하게 기록했다.

구름
부산 부산 부산 산 산 산

인프라 인프라 빠르게 부상중 구름

정확하고 힘있게 무어라도 쓰자. 마음먹은 뒤로, 마음과는 다르게, A는 여자의 얼굴을 그리기 시작했다.

여자를 그리려고 했는데, 여자가 아닌 것 같기도 했다. 그려진 것이 A, 자신을 닮았다는 것을 알고는 있었다.

A는 텔레비전을 켰고, 침대에 누워 리모컨을 쥐었다.

A는 음 소거 버튼을 눌렀다.

잠든 A의 얼굴에 환영처럼 빛이 어른거렸다.

아침이 될 때까지 A는 잘 잤다.

아침이 되었을 때, 켜진 텔레비전에서 이른 장마가 예고되고 있었다.

A는 전원을 껐다.

우산을 사야겠지, 마땅히.

아쿠아슈즈는 어떨까. 마땅할 것 같다.

A는 장마 소식에 전동 휠에 대한 마음을 접었다. A는 전동 휠에 대해 아는 것이 많지 않았고, 빗물이 들어가면 곧 고장날 것이라 확신했다.

안 사. A는 선동 휠은 구입하지 않기로 했다.

A는 어제 신었던 양말을 또 신었다가 다시 벗었다.

맨발로 구두를 신었다.

비는 아직 내리지 않았는데, 보도블록이 젖은 것처럼

어두웠다.

    보도블록. 보도블록. 보도블록. A는 중얼거렸고,
오해는 깔린 보도블록만큼 견고할까.

    사무실이 임대된 건물로 들어가기 위해서는 유리로 만들어진 회전문을 통과해야 했다. 회전문 안에서 A는 반 바퀴 돌았다. 회전문 안에서 A는 걸었고, A의 발목이 덜그럭거리며 어떤 소리를 내었다.

    내 발목을 잡는 것은 내 두 손이다.
    양손으로 각각의 발목을 잡고 걷는다.
    정수리가 바닥을 향해 있다.

    어제는 미안했어. 출근한 A의 뒤통수에 대고 b가 풀이 죽은 목소리로 말했다.
    뭐가? A가 말했다.
    기억 안 나? b가 A에게 되물었다.
    어. 기억이 안 나네. A가 대답했다.
    너는 좋은 동료야. b가 A의 어깨를 주물렀다.

    그 여자에게 사과하고 싶다.
    변명해야 한다.

만진 게 아니에요. 잡은 거예요. 어지러웠어요. 어지러웠을 뿐이에요.

하지만 정말 어지러웠던가, A는 거기까지는 확신하지 못했다.

오전, 오후 내내 비가 내렸다.

A는 사무실 책상에 팔을 괴고 종일 꾸벅꾸벅 졸았다.

다들 일어나. 퇴근해. 이제 퇴근 시간이야. 집에 가라고. 상사가 자리에서 일어나며 말했다.

감사합니다. 푹 쉬세요. 좋은 주말 되세요. A와 동료들이 각자 한마디씩 했다.

상사가 가장 먼저 퇴근했다.

사무실에서 나온 A는 하늘을 올려다보았다. 하늘은 하나의 구름이었다. 깊고 어두웠다. 아직 비는 거세지 않았다. 맞을 수 있을 정도로 차분히 내렸다. 이 비는 오래 멈추지 않을 것 같다. A는 비를 맞으며 확신했다.

이제 장마라지. b가 말했다.

어. 이제 여름이야. c가 말했다.

A, b, c는 비를 맞으며 서 있었고, 의견을 나누지 않았지만 저마다 비에 대한 감상에 젖어 있었다. 사위가 금방 어두워졌다.

A, b, c는 서로에게 아무것도 제안하지 않았다.

A, b, c는 세 방향으로 흩어졌다.

비둘기, 개, 쥐 시체, 젖은 쓰레기봉투, 뒤집어진 우산, 그런 것들은 길바닥에서 발견되지 않았다. 거리는 조용했다. A는 한동안 아무도 마주치지 않았다.

딱 한 번, A는 안개비 속에서 마주보고 팔 벌려 뛰기 하는 여자아이 둘과 마주쳤다.

A는 여자아이들 옆에 잠시 멈춰 섰다. A는 시력이 좋은 편이었지만, 어두움과 비로 인해 여자아이들의 이목구비는 보이지 않았다. 웃고 있는가, A는 그것이 궁금했다. 번개가 하늘에서 번쩍였다.

여자아이 둘은 팔 벌려 뛰기를 멈추고 A를 향해 몸을 돌렸다.

둘 다 히죽히죽 웃고 있는 것 같았다.

A는 짐작만 했다.

이제 곧 비바람이 불어닥칠 거예요. 한 여자아이가 말했고,

저기 입간판도 쓰러질걸요. 또 다른 여자아이가 말했다.

남쪽에서부터 오는 비바람이에요. 둘 중 한 여자아이가 말했다.

머스터드, 칠리, 갈릭. 어제 꿈에 그런 소리를 들었어요.

여자아이 둘이 동시에 말했고.

어제 우리 둘이 같은 꿈을 꾸었어요. 신기하죠. 신기하죠. 둘은 연이어 말했다.

눈앞의 안개가 짙어졌다가 흐려지기를 반복했다.

A의 시야에서 여자아이 둘이 사라졌다가 나타났다가를 반복했다.

들어가. 어두워. 위험해. A가 여자아이 둘에게 말했다.

여자아이 둘은 다시 마주보고 팔 벌려 뛰기를 시작했다.

하늘에 번개가 연쇄적으로 빛을 냈고, A는 다시 걸었다.

안개. 어깨. 안개. 어깨. A는 중얼거리면서 걷다가 가방에서 노트를 꺼내었다. 길모퉁이에 내려놓았다. 버렸다.

안개, 어깨, 구름, 장미, 인프라, 부산, 산, 산, 산 같은 것들을 버렸다.

여기에 쓰레기 버리면 안 돼요. 안 돼요. 멀리서 목소리만 들렸다.

비 오는 거리

1

비가 그치지 않아서 사람들은 우울했다.

우울한 사람들은 갑자기 기뻐지기도 했다.

800미터 거리의 가로등이 일제히 꺼지면 신이 난 비명이 시작되었다.

여자, 남자, 어린아이, 비명은 비명으로 이어졌다.

비 오는 거리는 주기적으로 정전되었다.

비 오는 거리에서 바닥 분수는 불규칙하게 가동되었다.

어두움 속에서 비와 우박이 솟구쳤다.

비 오는 거리의 공중전화부스는 삼십사 년 전부터 그 자리에 있었다.

네가 원한다면 지금이라도 너한테 갈게. 너도 내가 보고 싶지? 네가 오해하고 있는 거야. 나도 바쁜 사람이고 미련은 없어. 이런 식으로 사람 무시하면 너 벌받아. 차라리 나한테 욕을 해. 나한테 화를 내.

남자는 공중전화부스 안에서 수화기를 붙잡고 화를 내 달라고 요구했다.

너는 지금 나한테 우를 범하고 있는 거야.

우! 우! 남자는 고함쳤다.

비 오는 거리에서 사람들은 고함쳤다.

걸으면서, 멈춰 서서, 허공에, 길바닥에, 우산과 가로등, 수화기에 대고, 한 무리의 일행이 서로 한 대석 뺨을 때리면서 고함쳤다.

고함치면서 길 끝에서 길 끝으로 달렸다.

미칠 수 있다는 희망으로 사람들은 주말이면 비 오는 거리로 향했다.

어떤 연인은 비 오는 거리로 나서기 전에 약속했다.

해서는 안 될 말이면 거기 가서도 하지 마. 못 들은 척할 수 없을 것 같아.

심약한 여자는 남자에게 약속을 받아냈다. 그러나 남자는 약속을 지킬 수 없다. 누구든 비 오는 거리에서는 남기지 않고 고백해야만 할 것 같은 기분이 된다. 그리고 여자는 비 오는 거리에서 모두 용납할 수 있는 기분이 된다.

내가 아닌 것 같았어요. 술은 마시지 않았어요. 나는 나를 바라보고, 내가 하는 말을 들었어요. 내가 나보다 커진 느낌이었어요. 인터뷰에서 여자는 말했다.

지난달 벌어진 몇 건의 사건으로 비 오는 거리가 더이상 기상·환경 문제에 국한되지 않는다는 것이 자명해졌습니다. 비 오는 거리는 비라는 특수성으로 무장하였습니다. 비 오는 거리에 가지 않는 것이 가장 좋고요. 설령 피치 못해 가게 되더라도 되도록 빨리 돌아오는 것이 좋겠죠. 그 거리에서 무리 지어 다니지 마십시오. 각자 개인의 윤리를 구축해야 합니다. 비 오는 거리에서 비롯되는 악의 문제, 그 대비책은 개인이 강구해야 합니다.

비 오는 거리가 위험한 이유는 짙은 안개 때문이었다.

800미터 거리에 열두 대의 CCTV가 설치되어 있었고, 열두 대 모두 무용했다.

사람들은 넘어질 마음으로 핸드폰과 지갑 없이 비 오는 거리로 향했다.

비 오는 거리에 매일 비가 오는 것은 아니었다.

열흘에 한 번, 보름에 한 번, 비가 그쳤다.

안개 속으로 햇볕이 들기도 했다. 안개와 안개 사이에 옅은 빛줄기가 내리고 고인 물웅덩이마다 무성한 풀이 반짝였다. 거리는 축축한 풀냄새로 가득했다.

2

높게 자란 풀 속에 누울 것이다. 옷을 다 벗고 누워도 상관없을 것이고 그러니 옷을 다 벗을 것이다. 얼마나 시원할지 기대가 된다. 진작부터 무어라도 기대하면서 살았어야 했다. 눈물이 흐른다. 요즘은 아무 기분 없이 눈물이 흐른다. 일단 시작되면 잘 멈추지 않는다. 재앙은 아니다. 눈두덩이 짓무를 뿐이다. 잠들기 전에 비 오는 거리로 나가는 게 좋을 것 같다.

A의 노트는 스물두 권이었고 모든 기록에는 파란색 볼펜이 사용되었다.

A의 방은 두 개였다. 작은방에서 그는 주로 생활했다.

A의 큰방에는 잡다한 집기가 가득 들어차 있었다.

A는 집기들 사이에서 낮잠을 자거나 천 피스 퍼즐을 맞췄다.

A는 맞춘 퍼즐을 다시 흐트러뜨리기도 했다.

A는 통조림과 냉동식품을 먹으며 생활했다.

A는 야위었으나 건강했다.

A는 선천적으로 심장에 열이 많은 체질이었다.

A의 걱정은 너무 덥고 가슴이 답답하다는 것이었다.

A는 간밤의 열대야와 높은 습도에 연일 잠을 설쳤다.

A는 잠들기 위해서 유리공예와 우주에 대한 동영상을 봤다.

A는 유리가 우주 같고 우주가 유리 같다고 생각했다.

A는 평일에도 비 오는 거리로 향했다.

A는 비 오는 거리에서 우산 없이 걸었다.

A는 걷다가 길가의 구석에 누웠다.

A는 조금 더 편하게 눕기 위해서 비 오는 거리에 얕은 구덩이를 팠다.

A는 비 오는 거리에서 노인을 보기도 했다.

노인이 내 앞에 있었고, 그러니까 노인과 나는 같은 안개 속에 있었던 것이다. 돌아가세요. 위험합니다. 위험해요. 나는 몇 번 노인에게 말했다. 안개 때문에 노인이 나로부터 어느 방향으로 얼마나 떨어져 있는지 가늠할 수 없었다. 노인을 향해 말했지만 단지 허공을 향해 말했는지도 모르겠다. 노인의 숨소리가 아니라면 바람이었을 텐데, 그렇게 사람 숨 같은 바람이 있을까. 노인들이 장기를 두는 공터. 벤치. 노인들은 한데 모여 깔려죽은 새를 구경하는지도 모르겠다. 무엇이 그렇게 새를 깔아대는 것일까. 내 주위에서 새가 자주 죽는다. 새가 꼭 내 주위에서만 죽는 것은 아닐 것이다. 횡단보도에서, 편의점 입구에서 죽은 새를 보았다. 그런 날이 4일 연속 이어졌다.

4일째는 기어이 밟았다. 새는 땅바닥에 들러붙어 있었다. 내 생활에 대한 일종의 경고이거나 직접적인 경보라고 느꼈지만 흥분하지 않기로 했다. 수면 시간을 충분히 확보해야겠다.

집으로 돌아온 A는 곧바로 잠들고 싶었지만 눈물이 흘렀다. 알레르기 때문에 눈두덩이 늘 진물로 끈적였다.

A는 비 오는 거리에서 아이들을 보기도 했다.

비 오는 거리에서 아이들은 달린다. 달리다 넘어지면 아이들은 울지 않고 웃는다. 일어서지 않고 그 자리에서 넘어진 그 모양 그대로 누워서 웃는다. 아이들 웃음소리는 높고, 멀리 간다. 내가 비 오는 거리 어디에서 땅을 파든 간에 그 웃음소리가 아이들의 것이라면 들리기 마련이다. 비 오는 거리에 나의 구덩이는 총 네 개이고, 앞으로 더 늘어날 것이다. 사람들은 무방비하게 구덩이에 발이 걸려 넘어질 수도 있겠지만 그리 위험하지는 않을 것이다.

비 오는 거리에서 비는 우박으로 바뀌기도 했다.
A는 우박을 받아먹기 위해 고개를 젖히고 입을 벌렸다.
A는 입안의 우박이 별 사탕 같다고 생각했다.
A는 입안의 우박을 투, 투 뱉었다.

A는 잠이 오면 파놓은 구덩이에 누워 눈을 감았다.

A는 옆으로 몸을 말아 누웠다.

옆으로 누운 A의 귀로 우박과 비가 떨어졌다.

우박이 그치고 옅은 비가 내릴 때 A는 조금 잤다.

A는 집으로 돌아가기 위해 젖은 몸으로 육교를 올랐다.

비 오는 거리의 육교는 이 도시의 다리와 이어졌다.

다리는 강을 가로질러 8차선 도로를 형성하고 있었다.

사람들은 다리 위 난간에서 비 오는 거리를 내려다봤다.

비 오는 거리는 볼만한 것이었다.

다리의 난간 앞에 서면 작은 파편 같은 간판들, 교차된 또다른 다리와 다리 위를 달리는 차, 불규칙한 빛들과 빛을 반사하는 강이 내려다보였다.

희미하고 아득하게 야광 우비를 입고 달리는 사람들이 보였다.

주말이면 커다란 장비를 가진 사람들이 다리 위에 몰렸다. 강을 향해, 비 오는 거리를 향해, 빛을 향해, 초점을 맞추고, 커다란 우산 속에서 두세 시간, 다섯 시간, 밤을 새 촬영했다.

A는 난간에 서서 다리 아래 멀리 안개 속에서 반복적인 움직임을 보았다.

A가 보았던 반복은 야광 우비를 입고 바닥 분수에서 제

자리 점프를 하는 사람이었다.

어제는 다리 위에서 떨어지려는 여자를 보았다. 그럴 필요까지는 없었는데 나는 그 여자를 뒤에서 끌어안았다. 그 여자와 나는 바닥에 함께 쓰러져 완전히 드러누웠다. 그 여자는 순식간에 내 위로 기어올라와 내 목을 졸랐다. 나도 그 여자 목을 조르고 싶었는데 조르지 않았다. 그 여자를 밀치지도 않았다. 나는 마냥 목 졸리고 있었다. 만약에 그 여자가 정말 그 강으로 뛰어들려는 계획이었다면 죽고 싶은 사람을 살려놨으니 난 목이 졸려도 싸지. 남의 생사에 끼어드는 일은 월권이다. 내가 오만했다. 번뜩이는 그 여자 눈. 그 여자는 여자 같지 않았고, 사람 같지 않았다. 나는 그 여자와 눈 마주치고 있기가 힘들어서 눈을 감다. 그런 순간에도 생각은 가능했다. 나는 눈감고 목 졸리면서, 이 여자는 강으로 떨어지려고 다리 위에 올라간 게 아닐지도 모르겠다는 생각을 했다. 자기 뒤에서 자기를 끌어안는 사람이 있거든 그게 누구든지 목을 조를 계획이었을지도 모르겠다는 생각이 들었다. 내 목을 조르기 위해서 다리를 걷다가 난간 앞에 멈춰서서 강을 바라보고 있었을지도.

3

경선은 A의 목을 조르기 전에, 분노에 대한 강연에 참석했다.

경선은 이혼 후에 이런저런 강연에 참석했다. 도움이 될 것이라고 생각했다.

경선은 도움이 필요해서 매일 술을 마시기도 했다.

분노하는 마음을 접으세요. 기다란 장우산을 떠올려볼까요. 착, 하고 접히는 거예요.

경선은 앞에서 네번째 좌석에 앉아 있었다.

의지를 가져야 하는 일입니다. 쉽지 않지만 불가능한 일도 아니지요. 우리는 버튼을 상상해야 합니다. 누르면 언제든 분노를 멈출 수 있는 버튼이요. 버튼에 색을 입혀줘도 좋고, 누르는 감촉을 상상해도 좋습니다. 버튼에 대한 상상이 구체적일수록 분노 제어에 효과가 좋습니다. 화가 치밀어오를 때, 우리는 화를 감지하고, 마음의 버튼을 꽉 누를 것입니다. 강연을 진행하는 여자가 허공에서 무언가 누르는 제스처를 취했다.

경선은 바로 앞좌석에 앉아 고개를 끄덕이는 남자의 뒤통수를 바라보았다.

좌석은 반 이상 비어 있었다.

경선은 가끔 요란하게 비가 내리는 창밖을 봤다.

강연이 끝날 때까지 비는 그치지 않았다.

강연장의 출구에서 비쩍 마른 남자가 '22세기 호흡' 퍼포먼스 안내장을 나누어주고 있었고, 경선은 한 장 받았다.

이게 뭐지. 경선은 받아든 팸플릿을 내려다보며 생각했다.

경선은 강연장이 있는 건물에서 완전히 빠져나와 거리를 걸었다.

낙지 전문점들이 길게 늘어선 거리는 습하고 뜨겁고 매운 기운으로 가득했다.

왜 비가 그치지 않지.

경선의 샌들 안은 이미 다 빗물이었다.

경선은 비 오는 거리를 피해 육교를 오르고, 강 위의 다리로 향했다.

차들은 빗물에 젖은 도로를 빠르게 지났다.

경선이 다리 난간에 서서 강물에 일렁이는 빛을 내려다보는 동안 빗줄기는 걷잡을 수 없이 거세어졌다.

4

경선은 A의 목을 조르기 전에, 동갑내기 남자 B를 만났다.

B와 경선은 저녁식사와 함께 술을 마셨다.

마시고, 마셔도 계속해서 밤이었다. 비가 그치지 않았다.

우산 없이, 경선과 B는 2차, 3차, 4차 자리를 옮겨가며 웃고 걷고 뛰었다.

둘 다 취해 있었기 때문에 신이 났다.

너도 이혼했다며? 경선은 신이 나서 웃으며 말했다.

둘 다 아직 결혼반지를 끼고 있었다. 그것을 서로 바꾸어 껴보기도 했다.

지금 몇시야, 왜 이렇게 어두워.

우리 오늘 만났을 때부터 어두웠어.

그때보다 지금이 더 어두워.

더 어둡다고.

더 더 어둡다고.

B와 경선은 목청을 높였다.

비는 새로운 태풍의 영향이었다.

폭포처럼 쏟아진다. 폭포처럼 쏟아져. 빗속에서 경선과

B는 소리치며 대화했다.

우리집에 갈래? 경선이 말했다.

택시는 잘 잡히지 않았다. B는 휘청거리다가 빗물에 미끄러졌다. 경선은 B를 부축하려다 바닥으로 함께 쓰러졌다.

누운 둘 바로 위에서 번개가 번쩍였다.

그런 순간에도 둘은 입을 벌리고 웃었다.

경선은 A의 목을 조르기 전에, B와 함께 집으로 갔다.

마시고, 마셔도 술이 모자랐다.

내가 술을 더 사올게. 취한 경선이 현관문 앞에 서서 B에게 말했다.

가지 마. B는 경선의 등에 대고 말했다.

경선은 취해서 B의 말을 알아듣지 못했다.

가지 마. B는 경선이 사라진 다음 현관문을 향해 한번 더 말했다.

비 오는 거리에서 사람들은 미친다지. 미친다지. 물어뜯는다지. 불꽃도 있다지. 경선은 중얼거리면서 걸었다.

미쳐. 미쳐.

경선은 걷고 있었고, 그대로 사십 분을 더 걸으면 비 오는 거리에 도착할 것이었다.

경선은 다리로 가 난간을 붙잡았다.

경선은 난간에 기대어 짙은 안개로 구획되는 곳, 비 오는 거리를 내려다보고 아아, 아아, 소리쳤다.

경선은 소리지른 기억을 잊었고, 난간에 매달려 휘청거린 기억을 잊었다.

경선은 A의 목을 조른 기억을 잊었다.

5

원숭이들은 자기 몸통보다 긴 꼬리를 말아올려 들고, 어디로 가는가 어디로 가는가. 아라베스크 무늬라고 생각한 이 무늬는 원숭이들의 옆모습이다. 꼬리가 길다. 원숭이의 꼬리가 반원을 그리며 길게 말려 있다. 그 꼬리의 끝은 뒤따라오는 원숭이의 대가리 위에 있고, 다음 원숭이의 꼬리는 또 그다음 원숭이의 대가리로 이어져 있다. 원숭이의 전신은 분홍색이고, 원숭이들의 배경은 파란색이다. 나는 이것을 버려야 한다.

A는 다리에서 주워온 경선의 손가방을 관찰했다. A는 자신의 유일한 장점을 뛰어난 시력이라 생각했다.

A는 손가방에 그려진 원숭이가 몇 마리인지 세기 시작했다.

원숭이들의 행렬은 손가방의 끝에서 끝까지였다.

손가방에 그려진 원숭이는 총 여든네 마리였다.

주술이 어울리는 가방이다.

A는 가방 지퍼를 열었다.

경선의 가방에는 립스틱과 마스카라, 고무로 된 머리끈, 카드 두 장이 들어 있었다.

A는 립스틱 뚜껑을 열었다. 다홍색이었다.

너무 밝은 색이다. A는 눈물이 흘렀다. 선천적으로 그가 갖고 있는 알레르기 때문이었다.

다홍색에도 알레르기가 발현되는 것일까. A는 찬물로 세수하면서 생각했다.

A는 자신의 눈이 나아지지 않는다는 것을 알고 있었다.

A는 냉동고에서 얼음을 꺼내 눈두덩에 얹었다.

A는 벽에 등을 기대고 앉았다.

A는 무릎을 접고 앉아 눈을 비볐다.

비가 그치지 않아.

비가 그치지 않아.

A는 눈을 비볐다.

비가 그치지 않아서 A는 화가 났다.

비가 그치지 않아서 A는 무서웠다.

비가 그치지 않아서 A는 슬펐다.

A의 기분은 슬픔에서 더 전환되지 않았다.

6

경선은 A의 목을 조른 뒤에 그 다리, 그 자리에서 잠들었다.

경선은 A의 목을 조른 것을 기억하지 못했다. 경선은 다리 위에 올라갔던 기억도 없었다. 손가방을 가지고 집밖으로 나선 기억도 없었다. 비는 약하게 내렸고, 경선은 낮이 될 때까지 푹 잤다.

이 지경이라니. 행인은 경선을 흔들어 깨우며 그렇게 말했다.

경선이 술을 마시고 다리에서 잠든 것은 이번이 다섯번째였다.

이 지경이라니. 경선은 행인의 말을 따라 중얼거렸다.

경선은 잠들었던 자리에서 일어섰다.

하늘에 해는 보이지 않았고, 경선은 계절이 변하지 않는다고 생각했다.

이 지경이라니. 경선의 손톱 밑에 피가 맺혀 있었다.

경선은 현관문 앞에 다다르자 B가 떠올랐다. B와 함께 택시를 타고 집으로 왔던 것, B와 함께 술을 마셨던 것을 기억해냈다.

B에게 부재중 전화 네 통이 걸려와 있었다.

경선은 원숭이가 잔뜩 그려진 손가방을 찾기 위해 두 시간 반 동안 방안을 뒤졌다.

손가방은 찾지 못했고, 22세기 호흡 안내장을 찾아냈다.

안내장에는 인체 해부도와 확대된 두뇌가 그려져 있었다. 22세기 호흡의 역사와 미래가 적혀 있었다. 대중을 향한 호흡 퍼포먼스가 펼쳐질 장소와 시간이 적혀 있었다. 경선은 안내장을 반으로 접었다. 경선은 계속 접었다. 22세기 호흡 팸플릿은 종이배가 되었다.

너 괜찮니? B에게 메시지가 왔고.

괜찮아. 경선은 괜찮다고 답했다.

그들은 함께 22세기 호흡 퍼포먼스 공연장에 갈 약속을 정했다.

7

사회 종속 독립 영향 경향 수렴 해석 차치 누락 소외
사회 종속 독립 영향 경향 수렴 해석 차치 누락 소외
사회 종속 독립 영향 경향 수렴 해석 차치 누락 소외
사회 종속 독립 영향 경향 수렴 해석 차치 누락 소외
사회 종속 독립 영향 경향 수렴 해석 차치 누락 소외
사회 종속 독립 영향 경향 수렴 해석 차치 누락 소외
사회 종속 독립 영향 경향 수렴 해석 차치 누락 소외
사회 종속 독립 영향 경향 수렴 해석 차치 누락 소외
사회 종속 독립 영향 경향 수렴 해석 차치 누락 소외

공연장 사방의 벽 가득 새겨진 글은 파란색이었다. 벽의 아래로 갈수록 진한 파랑이 되었고, 바닥으로 이어졌다. 맨 밑바닥의 글자는 검정에 가까운 파랑이었다.

객석과 무대는 구분되지 않았다.

건장한 남자 셋이 글자가 적힌 벽을 열고 등장했다.

남자들은 흰색 바지와 흰색 티셔츠를 입고 있었다.

두 남자는 삭발을 했고, 한 남자는 장발이었다.

호흡은 생존의 이유가 아닙니다.

남자 셋은 확성기를 사용했다.

관람객은 남자 셋을 가운데 두고 원형으로 둘러섰다.

두 남자는 제자리에서 점프했다.
두 남자는 공간 여기저기를 옮겨다니며 점프했다.
두 남자는 각자 다른 리듬으로 점프했고, 맥박을 상징하는 것이었다.
두 남자는 과장된 동작으로 가쁜 숨을 몰아쉬었다.
두 남자는 한순간 숨을 멈추고 눈알만 굴렸다.
두 남자는 납작 엎드려서 길고 긴 주문을 외웠다. 바닥에 대고.
한 남자는 주문 속에서 확성기에 대고 말했다.

갱신되는 삶. 방향성이 있습니까? 당신 주변의 무엇도 당신이 생각하는 것과 같지 않습니다.

경선과 B는 22세기 호흡의 끝을 다 보지 않고 공연장을 빠져나왔다.

저게 뭐지? B가 물었다.

더 나은 숨이래. 경선은 22세기 호흡 안내장을 펼쳐 보였다.

경선과 B는 가장 가까운 카페로 들어가 자리를 잡았다.
경선과 B는 술을 마실 때와 거의 비슷한 패턴으로 대화했다.
각자 이혼하기까지의 사정, 개봉한 영화, 그치지 않는 비, 비 오는 거리, 동료, 외로움을 이야기했다.

8

알레르기 때문이에요. 걱정하실 것 없습니다.

A는 집으로 돌아와 처방받은 연고를 눈두덩에 바르고 알약을 먹었다. 먹은 자리에서 곧바로 잠들었다.

꿈에서 A는 바다로 들어가 잠수했다. A는 물속에서 눈을 떠 밝고 부연 빛을 봤다. 끔뻑끔뻑 눈을 감았다 떴다. 차고 짜다. A는 눈으로 바닷물을 느꼈다.

A가 잠에서 깨 눈을 떴을 때 창밖 어디에도 꿈과 같은 밝은 빛은 없었다. 어두운 창밖에서 무언가 깨지는 소리가 계속해서 들렸다. 끊임없이 파편이 튀고 있다고, A는 생각했다. 비는 그치지 않았다. 잠들기 전 눈가에 바른 연고가 A의 눈두덩에 끈적하게 말라 있었다.

A는 눈가의 간지러움을 참느라 가슴이 답답했다.

A는 노트를 펼치고 썼다.

나는 왜 그 여자를 밀치지도 않고 그대로 드러누워 목 졸리고 있었던가?

나는 목이 졸리기 위해서 다리를 올라갔던가?

그 여자 악력은 참을 만한 것이었고, 목이 졸릴 때 즐거웠던가?

9

 경선은 이혼 후에 만나고 싶은 모두를 만났다. 동료, 선배, 선배의 지인, 지인의 지인, 지인들의 무리. 주변인들과 식사와 술을 함께하고, 취하고 떠들었다. 전남편의 친구와 만나 전남편의 근황에 대해서 이야기 나누기도 했다.

 그런 춤은 어디에서 배웠어. 진짜 잘 논다. 경선은 그런 말을 듣기도 했다.

 어, 나 잘 놀아. 그런데 행복하지는 않아. 너도 보이지? 경선이 웃으며 말했다.

 경선은 왁자하게 놀고 난 다음 사나흘 혼자 시간을 보냈다.

 경선은 냉장고에서 오이지와 소주를 꺼냈다.
 경선은 차가운 오이지, 차가운 소주를 번갈아 먹었다.
 이 지경이라니.
 경선은 방 한구석에 접혀 있는 22세기 호흡 안내장을 펼치고, 들여다보고, 소주를 들이켜고, 차가워서 부르르 떨었다.

10

22세기 호흡

지금 이 사회에서 자의와 타의는 중요하지 않습니다. 휩쓸리기만 하는 삶에서의 호흡은 자유롭지 못합니다. 지금 우리는 동물성만이 강조된 호흡을 하고 있습니다. 생존만을 위한 호흡은 진정한 호흡이 아닙니다.

우리는 좀더 깊게 호흡해야 합니다. 우리는 좀더 자연스럽게 호흡해야 합니다. 우리는 우리의 호흡을 제어해야 합니다. 우리는 우리의 호흡을 제어할 수 있습니다. 진정한 호흡을 통해서만이 인간다움의 의미를 탐색할 수 있습니다.

22세기 호흡은 22주에 걸쳐 수련합니다.

22주 과정을 마친 후에는 더 나은 숨을 쉬게 됩니다.

22주 과정을 마친 후에는 더 인간다워집니다.

22주 과정은 이론과 실습을 병행합니다.

1주 자유 발언

2주 중심으로부터 확장된 몸 상상하기

3주 중심으로부터 축소된 몸 상상하기

4주 발가락 단련

5주 종말기관 루피니소체와 파치니소체 알기

6주 외부감각 차단과 내부감각 단련

7주 뒷목 늘리기

8주 어깨 열기

9주 날개뼈 위치 알기

10주 머리뼈, 목뼈, 척추의 관계 알기

11주 자유 발언

12주 갈비뼈와 가슴뼈에 대하여

14주 우리 몸의 원과 구 찾기

15주 우리 몸의 곡선과 직선 찾기

16주 균형잡기

17주 힘 빼기 훈련 (1) 눈썹, 눈꺼풀, 인중, 입안

18주 힘 빼기 훈련 (2) 무릎

19주 물구나무서기

20주 호흡 (1) 들숨 날숨 멈추기

21주 호흡 (2) 느린 순환 빠른 순환

22주 자유 발언

22세기 호흡은 비영리단체입니다.

22세기 호흡은 사이비단체가 아닙니다.

11

예쁨은 사이비가 아니다.
그 여자는 예쁘지 않았다.

A는 자기 목을 졸랐던 그 여자의 이목구비는 다 잊었다.
A는 그 여자의 이목구비를 본 적이 없다고 생각했다.
A는 여자의 눈만을 보았다고 생각했다.
가슴팍 위에 올라탄 그 여자는 언제 사라졌을까.
A는 목이 졸린 그날, 자기 옆에 남은 손가방을 주워들고 집으로 돌아왔다.

비 오는 거리의 내 구덩이는 지금쯤 빗물에 쓸려온 흙으로 메워졌을까. A는 생각했다.
A는 비 오는 거리로 나가지 않는 대신, 다리 위에서 주워온 손가방의 패턴, 원숭이들의 행렬에 골몰했다. 원숭이의 분홍이 황홀하다고, A는 생각했다. 바탕의 파랑과 대비되어 눈이 부신 형광 분홍이었다.

A의 눈두덩과 눈물은 연고와 알약으로 나아지고 있었다.

A는 연고와 알약의 효과라고 생각하지 않았다.

A는 맑은 바다에서 잠수를 했던 꿈 덕분이라고 믿었다.

꿈속에서 해결한 것이다.

A는 더 많은 해결을 원했다.

당장에 심장을 해결해야 한다.

A는 가슴속이 매일 뜨거웠다.

A는 22세기 호흡에 참가할 것이었다. 더 나은 숨이란 무엇인지 A는 알고 싶었다.

A는 생각날 때마다 22세기 호흡 안내장을 펼치고 읽었다.

종말기관, 종말기관, 종말기관.

루피니소체와 파치니소체는 유리와 우주 같은 것인가. A는 생각했다.

12

1주 자유 발언

지하 공간에 모인 열한 명의 사람은 원으로 둘러앉아 있었다. 그들 머리 위에 갈색의 어두운 조명이 있었고, 사람들의 표정은 잘 보이지 않았다.

발언의 순서는 장발 남자부터였다.

자유롭게 시작하세요.
눈을 감아도 계속 보이는 잔상이 있어요. 지우고 싶어요.
제가 만만한지 왜 저만 원망하는지 모르겠습니다.
저는 자주 제 내장을 느껴요. 식도, 위의 시작, 위 복부의 내부, 아래 복부의 내부, 골반 안의 것들, 등에 가까운 장기, 그런 것들이 다 느껴진다고 생각해보세요. 움직이고, 소리 내고, 어떤 때 그것들은 주장을 하는 것 같아요.
없는 문을 열고 들어가야 합니다.
정말 허리가 너무 아파요.
백이십팔억원이 제 목표이고, 현재 사천팔백만원 달성

했는데 완급 조절이 쉽지 않습니다.

배려받지 못하고 있어요.

파트너가 성병에 걸렸어요.

사직서를 냈는데 거부당했습니다.

저는 선천적으로 심장에 열이 많습니다.

발언은 다음 발언, 또 그다음 발언으로 넘어갔다. 열한 명의 목소리는 두 시간 사십 분 동안 이어졌다. 사람들은 자기가 하고 있는 말에 열중했다. 시간의 흐름에 따라 자연스럽게, 내용이 없는 사람은 발언하지 않았다. 할말이 남은 단 한 명이 끝까지 발언했다. 앉은 사람 중 둘은 울음을 터뜨렸다. 흐느끼는 소리까지 끝난 후에, 한 사람씩 순차적으로 지하 공간을 떠났다.

A는 총 스물여덟 번 발언했다.

A는 신체적 고민에 대해서 발언했다.

A에게 궁극적인 고민은 신체적인 것이 아니었다.

A는 집으로 돌아오는 길에 비 오는 거리에 들렀지만, 그가 파놓은 구덩이에 눕지는 않았다. 집으로 돌아온 A는 잠자리에 누워 사람들의 발언을 곱씹었다.

13

 이제 너도 네 인생 살아. 경선의 사촌은 말했다.
 사촌은 직접 만든 토마토 잼과 무화과 잼을 경선에게 건넸다.
 어떤 게 무화과고 어떤 게 토마토지? 경선은 두 개의 유리병을 받아들고 사촌에게 물었다.
 조금 더 진한 색이 토마토야. 사촌이 유리병 뚜껑을 열어 보였다.
 이렇게 습한데 어떻게 잼을 만들었어. 경선은 잼을 찍어 먹었다.
 잼 해놓으면 아이들이 잘 먹는다. 아이들이 잼을 얼마나 좋아하는지 모른다. 아이와 사는 것은 쉽지 않다. 쉽지 않은 만큼 행복하다. 너도 나중에 아이 낳으면 그 행복을 알게 될 것이다. 낳을 생각이면 빨리 낳아놓는 게 좋은데, 그런데 아무래도 너는 애 낳지 않는 게 좋을 것 같다. 사촌이 경선에게 말했다.
 알겠어. 안 낳을게. 경선은 대답했다.

 우리 식빵 사러 가자.

경선과 사촌은 잼을 바를 빵을 사기 위해 집밖으로 나섰다. 제과점까지는 십오 분 걸어야 했다.

비가 정말 끈질기지. 경선이 비를 보며 말했다.

메가 가뭄 때문이야. 사촌이 말했다.

메가 가뭄은 뭐야. 경선이 사촌에게 물었고,

있어. 가뭄인데, 메가야. 사촌이 대답했다.

사촌은 정체된 대기와 강력한 태풍에 대해서 이야기했다. 바다의 물을 들어올릴 만큼의 큰 바람과 빙하기에 대해서 말했다.

너 비 오는 거리에는 나가지 마. 너같이 심약한 사람은 홀린다더라. 사촌은 어제 오후 여섯시쯤 한 여자의 인터뷰를 보았다고 말했다.

자기보다 자기가 커지는 기분이었다더라. 술은 먹지 않았는데, 자기가 하는 말을 듣고 자기를 자기가 봤대. 뭐가 어떻게 커졌다는 건지 무슨 헛소리인지. 사촌은 혀를 찼다.

나는 가보고 싶기도 해. 어쩌면 나 술 먹고 이미 갔는지도 모르겠어. 경선이 사촌에게 말했다.

술 끊어. 지금처럼 매일같이 술 먹으면 곧 죽어. 죽지 않으면 뇌가 녹을 거야. 이미 좀 녹았을지도 모르겠다. 너는 반드시 비 오는 거리에서 미치고 말걸. 그러고 보니 너 지금도 조금 미친 것 같다. 사촌은 경선에게 농담처럼 진심을 말했다.

14

22세기 호흡 과정 이 주 차에 모인 사람은 아홉 명이었다.

삭발한 두 남자와 장발의 한 남자는 누운 사람들의 곁에 앉아 속삭이듯이 말했다. 그들은 몸의 중심과 확장되는 감각에 대해서 이야기했다.

매트에 누운 여섯은 눈을 감고 있었다.

모든 조명은 꺼져 있었고, 작은 초가 매트 사이사이에 배치되어 있었다.

사람들의 윤곽만을 확인할 수 있을 정도로 공간은 어두웠다.

세 명의 남자는 번갈아가며 이야기했다.

팔의 시작은 어디인가요? 팔의 시작은 어깨가 아닙니다. 팔의 시작은 쇄골이고 날개뼈입니다. 다시 말하겠습니다. 쇄골과 날개뼈에서부터 팔입니다. 쇄골의 가장 깊은 곳, 날개뼈의 가장 깊은 곳을 상상해보세요. 겹쳐진 점이어도 좋고 비어 있어도 좋습니다. 아무것도 느껴지지 않을 수도 있습니다.

매트에 누운 경선은 설명을 듣다가 잠들어버렸다.

매트에 누운 A는 확장이란 게 무엇인지 잘 와닿지 않아서 두 눈을 끔뻑거렸다. A는 매트와 매트 사이에서 흔들리는 촛불의 미약한 열기를 느꼈다.

15

두 달 만에 만난 B는 야위어 있었다.

너 너무 말랐다. 경선이 B에게 말했다.

마음은 전보다 편해. B가 경선에게 말했다.

이혼하지 않았다면 우리는 반드시 단명했을 것이다.

지금 이렇게 대화할 수도 없었을 것이다.

더 긴 결혼생활은 상상하고 싶지도 않다.

단 일주일도 늦출 수 없는 선택이었다.

너 요즘 외롭니? B가 경선에게 물었고,

어. 외로워. 경선이 대답했다. 경선은 외롭다고 말한 다음 소리 내서 웃었다.

경선이 웃자 B가 따라 웃었다.

너 22세기 호흡 다시 가볼래? 난 요즘 매주 나가. 경선이 B에게 제안했다.

아니. 나랑은 안 맞아. B는 마다했다.

B와 경선은 캔맥주를 들고 걸었다. 둘은 우산 하나를 나누어 썼다.

비 오는 거리에 가자. 바닥 분수가 멋져. B가 말했다.

너 비 오는 거리 믿어? 경선이 B에게 물었다.

경선과 B는 각자 믿고 있는 것을 이야기했다.

비 오는 거리 안개 속에서 넘어지지 않고 마흔네 바퀴 제자리 돌기에 성공하면 시공간을 초월할 수 있다는 속설을, B는 이미 실행했다고 말했다.

어떻게 마흔네 바퀴를 넘어지지 않을 수 있어. 어디를 가고 싶어서 마흔네 바퀴나 돌았어? 경선이 B에게 물었다.

어디든 가고 싶었지. B가 대답했다.

나도 돌고 싶다. 나도 돌아봐야겠어. 경선이 말했다.

16

11주 자유 발언

 십일 주 차에 모인 인원은 삭발한 남자 둘과 장발인 남자를 포함해 총 일곱 명이었고, 그들은 어두운 조명 아래 원으로 둘러앉았다.

 자유롭게 발언하세요.

 왜 보이지 않는다고 생각하는지, 착각하는 건지 착각하는 척하는 건지, 도통 알 수가 없어요. 사람들이 참 얄팍합니다.
 절교하자는 메시지를 받았어요. 답장하지 않았습니다. 답장할 가치가 없으니까요.
 저는 아직 심장의 열이 내리지 않습니다.
 저기로 가 앉으세요.
 엊그제 발신자 번호 표시 금지 전화가 왔는데 전남편 같아요.
 축하드려요. 요즘 축하할 일이 많네요.

십일 주가 지나자 발언은 대화가 되기도 했다.

태어나 처음 봤던 바다는 어떠했습니까? 기억에 있습니까?

저는 기억나지 않네요. 바다 자체가 희미합니다.

제 첫 바다는 밤바다였어요. 움직이는 물은 처음이어서 무서웠어요.

수영하고 싶네요.

밤 수영 좋죠.

밤 수영 위험합니다. 죽을 뻔했습니다.

A는 바다에 대해서는 발언하지 않았다.

아직 여름인가요?

아직 여름이지요.

여름은 끝났어요. 진작.

끝이 어디 있습니까? 아직 비도 그치지 않았습니다.

맥주 마시러 나갈래요? 경선은 22세기 호흡에 모인 사람들과 파티를 벌이고 싶기도 했다.

저는 컨디션이 별로입니다. A는 술을 즐기지 않았다.

A는 22세기 호흡에 다섯 번 참가했다.

A는 같은 바닥에 앉아 있는 경선을 알아보지 못했다. 공

간은 충분히 어두웠고, A는 목이 졸릴 때 경선의 얼굴을 외면했다고 믿고 있었기 때문이었다. A는 경선을 반쯤 알아볼 수도 있었겠지만, 그는 그 내부의 의지로 인해 경선을 전혀 알아볼 수 없었다.

경선 또한 A를 알아보지 못했다.

십일 주 차의 발언은 네 시간 동안 이어졌다.

A는 발언할 내용이 많지 않아서 자주 고개 돌려 비상구를 바라보았다. 접은 무릎에 얼굴을 묻고 눈을 감기도 했다. A는 빗소리가 들린다고 생각했다. 빗소리가 맞는지 아닌지 A는 확실히 알 수 없었다. 공간은 지하였고 창문은 없었다. A는 밖에서 끊임없이 무언가 부서지고 있다고 생각했다. 자꾸 깨지고 있다고, A는 생각했다. 누가 유리그릇을 던지는가? A는 확인하고 싶었다. 그리고 발언했다.

지금 밖에 유리가 깨지고 있나요? 비가 더 거세진 건가요? 아무래도 빗소리가 너무 크게 들리는 것 같습니다. 비가 그치지 않습니다. 충돌. 충돌. 집에서 여기까지 오는 길에 몇 번의 충돌을 목격했습니다. 횡단보도에서 차들이 충돌했고요. 그중 한 대는 도망쳤습니다. 새들이 낮게 날다가 서로 부딪쳤습니다. 둘 중 하나가 죽었거나 두 마리 다 죽었을 것입니다. 두 마리 다 바닥으로 떨어졌습니다.

A의 발언은 갑작스러운 것이었다.

A의 발언은 A가 그대로 드러나는 것이었다.

전생에 저는 벌레였을 것이고 새에게 눈알을 쪼였으리라 확신합니다. 저는 이번 생에 심장이 말라 죽을 것이라는 확신도 있습니다. 확신이, 생각이 멈춰지지 않습니다.

A는 생각을 멈출 수 없는 것처럼 발언도 쉽게 멈출 수 없었다.

잠들기 전에 조급증이 가장 심해집니다. 이 초 동안 숨을 내뱉고, 이 초 동안 들이쉬자, 결심해도 좀처럼 쉽지 않습니다. 쉬운 것은 없습니다. 저는 저를 잘 알고 있기 때문에 많은 것을 고쳐야 한다는 것도 알고 있습니다. 그래서 자해하던 버릇을 고쳤고 강박적으로 퍼즐을 맞추던 습관도 고쳤습니다. 아무때나 흐르던 눈물도 고쳤습니다. 짓물렀던 눈두덩도 이제 다 나았고요. 비 오는 거리로 나가지 않으려 노력하고 있고, 나가지 않고 있습니다. 그 거리는 그저 비가 오는 거리이고, 저는 비를 맞을 뿐이지만, 의심스러운 모든 것을 차단하기 위해서 비 오는 거리에 가지 않기로 한 것입니다.

그러나 여전히 혼란 속이고 머리가 터질 것 같습니다. A는 자기 머리털을 잡아 뜯기 시작했다.

둥글게 앉은 사람들이 A를 향해 고개를 돌렸다.
경선은 A가 흥미로워서 기뻤다.
저런 미친놈. 경선은 A를 미친놈이라고 생각했다.
경선은 A의 떨리는 목소리가 익숙하다고 생각했다.
저렇게 연약한 목소리를 어디에서 들었던가. 경선은 누구도 떠오르지 않았다.

괜찮아요. 저도 그런 적 있어요. 그럴 수 있어요. 둘러앉은 사람 중 누군가 A에게 다가왔다.
괜찮아요. 사람들 다 그렇게 살아요. 누군가 A의 어깨를 두드렸다.
A는 고개 들어 올려다보았다.
고맙습니다. A는 인사한 뒤에 지하 공간을 빠져나왔다.

밖은 천둥 번개가 연쇄적이었고 비바람이 거세었다. 입간판이 옆으로 쓰러졌다.

A는 걸었다.

A는 강 위의 다리를 건너 비 오는 거리로 향했다.

A는 비 오는 거리 길바닥에 눕고 싶었다.

A가 비 오는 거리에 도착했을 때, 번개의 빛줄기를 봤다.

바닥 분수가 솟구쳤고 비명과 웃음소리가 난무했다.

하나. 둘. 셋. 넷. 다섯. 여섯. A는 여섯 번 번개를 세었다.

A는 이해할 수 없는 것을 이해하지 않기로 했다.

17

비 오는 거리에 설치된 CCTV는 열두 대였다. 열두 대 모두 무용했고, 폐기하기로 결정되었다. 머지않아 비 오는 거리에는 고감도 CCTV가 설치될 것이었다.

이제 안개와 어두움은 문제가 되지 않을 것입니다. 고감도 CCTV의 몇 사례가 기사화되었다.

비 오는 거리를 주제로 정치인 둘, 사회학과 교수, 기상학과 교수, 통계학과 교수가 모여 두 시간 동안 토론을 했다. 지루한 말들이 오가는 그 시간에도 비 오는 거리에는 비가 내리고 있었다. 이제 비 오는 거리에만 비가 오는 것은 아니었다. 전국에 연일 비가 그치지 않았다.

경선은 텔레비전 전원을 껐다. 꺼진 화면에 경선의 얼굴이 비쳤다.

아이고. 암담해. 화면에 비친 자기를 보며 중얼거렸다.

경선은 고감도 CCTV가 설치되기 전에 비 오는 거리에 가고 싶었다.

경선은 안주 없이 소주를 마셨다. 차고 달았다.

경선은 잠깐 사이에 한 병을 다 비웠다.

경선은 소주를 비운 그 자리에서 잠들었다가 깨어났다.

엎어진 소주잔은 투명했다.

경선은 누운 자리에서 일어났다. 차가운 물로 샤워를 한 뒤에 흰색 민소매 티와 청 반바지를 입었다.

경선은 지폐 몇 장을 주머니에 넣었다.

경선은 가진 것 중에 가장 가벼운 샌들을 신었다.

모두가 그러하듯 핸드폰과 지갑은 챙기지 않았다.

경선은 야광 우비를 갖고 있지 않은 것이 아쉬웠다.

비 오는 거리로 가는 길은 어렵지 않았다. 경선의 시뮬레이션은 순차적이었다.

집에서 나온다. 사거리로 향하는 길을 십 분 걷는다. 사거리에서 길을 건넌다. 길을 건너면 바로 버스정류장이 보인다. 정류장에서 버스를 기다린다. 버스를 타고 여덟 정거장을 지난다. 버스에서 내린다. 육교가 나온다. 육교를 올라 걷는다. 육교를 내려간다. 안개가 시작되면 거기서부터 비 오는 거리다.

18

땅을 팔 때에는 땅을 판다는 생각만 하면 되는 것이다. 비 오는 거리의 시작과 끝은 비와 안개다. 사람들은 서로 가끔 알아볼 수 있고 대부분 알아보지 못한다. 사람들이 서 있고 누워 있고 점프하고 달린다. 울거나 웃는다. 어두움과 안개를 사이에 두고 팔 벌려 뛰기를 한다. 비 오는 거리에 파인 구덩이 중에 우연이 있을까.

A는 비 오는 거리에 새로운 구덩이를 파야겠다는 결심을 했다. 그의 도구는 삼단 접이식 삽이었다. 알루미늄으로 만들어진 것이었고, 캠핑용이었다. 접혔을 때 크기는 가로 18센티미터, 세로 30센티미터였다.

19

경선은 혼자 다리 위를 걸었다.

경선은 난간 앞에서 강물에 어른거리는 빛을 내려다보았다.

왜 비가 그치지 않을까.

경선은 비와 안개를 실감했지만 비와 안개를 구분하지 못했다.

저기 비가 있다.

저기 안개가 있다.

저기 미친놈이 있다.

경선은 A를 발견했다.

여기서 뭐하고 있어요? 경선은 A에게 다가가 물었다.

A는 대답하지 않고 난간을 잡은 채 강을 내려다보았다.

군대 갔다 왔어요? 경선이 물었다.

아니요. A는 한참 후에 대답했다.

면제된 거예요? 경선이 물었다.

아니요. A가 대답했다.

차에 치인 적 있어요? 경선이 물었다.

아니오. A가 대답했다.

기관지염 앓았나요?

아니오. A가 대답했다.

주의력 결핍이에요?

아니오. A가 대답했다.

그럼 뭐가 결핍됐어요?

A는 자기에게 결핍된 것이 무엇인지, 생각해야 했다.

글쎄요. A는 글쎄요, 라고 대답했다.

비타민 D 결핍일 수 있어요. 저도 좀 그런 것 같아요. 해를 보지 않고 생활한 지 너무 오래됐어요. 경선이 말했다.

해는 보이지 않았다.

A는 고개 들어 해가 있어야 할 자리를 찾았다.

하늘의 구름이 무겁고 힘겹게 이동했다.

구름이 움직이고 있나요? 경선이 A에게 물었다.

네. 움직이고 있어요. A가 대답했다.

경선은 투명한 우산을 쓰고 있었다.

A는 연두색 반투명 우비를 입고 있었다.

경선과 A는 난간에 두 손을 얹고 서서 강의 흐름을 내려다보았다.

A에게는 삼단 접이식 삽이 있었고, 경선에게는 세 장의

지폐가 있었다.

밥은 먹었어요? 매끼마다 잘 먹어야 살도 붙어요. 경선이 말했다.

네. A가 대답했다.

왜 저 거리에만 저렇게 안개가 짙은지 알고 있어요? 경선이 난간 너머로 팔을 뻗어 멀리 비 오는 거리를 가리켰다.

A는 대답하지 않았고, 경선은 백색 안개의 원인에 대해서, 안개와 구름의 차이점에 대해서, 안개와 지면, 구름과 대기의 관계에 대해서 오래 이야기했다. A도 알고 있는 것들이었다.

둘은 비 오는 거리를 향해 걸었다.

A와 경선이 비 오는 거리에 도착했을 때 빗줄기는 약했고, 아직 완전히 어두워지지 않았다. 안개는 초록빛이었다.

비 오는 거리는 곧게 뻗어 유지되는 길이었다.

비 오는 거리 어딘가에는 주인 없는 차가 버려져 있었고, 차 안에 풀이 자라 있었다.

이건 꽤 비싼 차예요. 경선이 깨진 차창으로 머리를 집어넣고 말했다.

머리 빼세요. 위험해요. A가 경선의 뒤에서 말했다.

네. 이건 정말 비싼 차예요. 경선이 같은 말을 한번 더 했다.

생각보다 쾌적하네요. 경선은 아무 일도 벌어지지 않는 비 오는 거리에 다소 실망하기도 했다.

원래 이렇게 고요한가요? 경선이 A에게 물었다.

이것보다 더 고요할 수도 있어요. A가 경선에게 말했다.

A는 경선을 자기가 파놓은 구덩이로 데려갔다.

경선은 그 얕은 구덩이에 누웠다.

경선은 옆으로 누워 다리를 말아 안았고, 머리는 구덩이의 바깥쪽, 땅 위에 내놓았다.

경선은 구덩이 속에서 온몸이 젖었다.

왜 사람들이 죽는지 알겠어요. 이러려고 죽는 건가봐요. 이렇게 편하고 싶어서. 경선이 키득거렸다.

가을이라고 생각했는데, 아직 여름인가봐요. 하나도 춥지 않아요. 경선은 말했다. 말하는 도중에 입안으로 빗물이 다 들어갔다.

여기서 잠들면 어떡하죠? 경선이 A에게 물었다.

잠들면 좋죠. A가 대답했다.

이름이 뭐예요? 경선이 구덩이에 누워 눈감은 채 A에게 물었다.

A는 이름을 알려주었다.

좋은 이름이네요. 뜻이 뭐예요? 경선은 물었다.

날카로운 지혜라는 뜻입니다. A가 대답했다.

비 오는 거리에 가로등이 켜졌을 때, 경선과 A는 걷고 있었다.

경선과 A는 다섯 번 거리를 왕복했다.

경선과 A는 천천히 걸었다.

경선과 A는 가끔은 아예 멈춰 섰다.

공중전화와 폐차, 깨진 술병의 유리 파편들이 길바닥에 즐비했다.

빗줄기가 굵어졌을 때 유리 파편들은 각자 다른 소리를 내듯이 반짝였다.

경선은 유릿조각들을 꾹꾹 눌러 밟으며 걸었다.

이제 사람들이 나타날 거예요. A가 말했다.

야광 우비 입은 사람들이요? 경선이 물었다.

네. A가 대답했다.

사람들이 갑자기 나타났다가 갑자기 사라질 거예요. 무서울 수도 있어요. A가 말했다.

야광 우비는 어디서 사는 거죠? 경선이 A에게 물었다.

아마 인터넷이거나 문구점일 것이라고, A가 대답했다.

경선은 지금 밤 열시쯤 되었을 것이라고 생각했다.

A는 지금 밤 아홉시쯤 되었을 것이라고 생각했다.

경선과 A는 이제 거리를 몇 번 왕복했는지 세지 않고 걸었다.

열네 번이거나 스물한번째, 그들은 거리를 걷고, 뒤돌아 다시 걷고, 또 걸었다.

경선과 A는 아직 아무와도 부딪치지 않았다.

경선과 A는 손잡지 않고 걸었다.

경선은 사람들의 비명이 들리면 따라 비명을 질렀다. 비명을 지른 다음에는 꼭 찢어질 듯이 크게 웃었다.

같이 손잡고 마흔네 바퀴 돌아볼래요? 경선이 A에게 제안했다.

경선과 A는 마주보고 서서 넘어지지 않겠다는 각오를 했다.

경선과 A는 스무 바퀴째 돌았을 때 길바닥에 쓰러졌다.

A는 어지러워서 토할 것 같았다.

A는 땅바닥을 짚고 헛구역질했다.

많이 힘들어요? 반대로 돌면 덜 어지러울 텐데 반대로

돌아볼래요? 경선이 쓰러진 A에게 제안했다.

아니요. A는 거절했다.

저도 이렇게 힘든 일일 줄 몰랐어요. 경선은 B가 마흔네 바퀴 도는 데 성공했다는 것을 믿을 수가 없었다.

경선과 A는 어쩌면 시공간을 초월할 수도 있었다.
A는 한순간 밝은 바다로 이동해 물속에서 눈을 끔뻑거릴 수도 있었다.
경선과 A는 헤어지기 전에 서로를 알아볼 수도 있었다.
경선과 A는 함께 거리를 빠져나가 커피나 술을 마실 수 있었지만 그러지 않았다.

육교로 가려면 어디로 가야 하죠? 비 오는 거리의 끝에서 경선이 A에게 물었다.
오셨던 곳으로 죽 걸어가면 됩니다. A가 대답했다.
경선은 다 젖은 몸으로 투명 우산을 들고 있었다.
경선은 앞으로 걸었다.
얼마 지나지 않아 경선이 안개 속으로 완전히 사라졌다.
A는 거리의 어느 구석에 무릎을 접고 앉았다.

차가워. 이건 어제와는 다른 차가움이다.

A는 비가 차갑다고 생각했고, 이제 가을이라고 생각했다.

A는 찬비를 맞으면서 잠이 오기도 했다.

파랑 속에 행렬. 전신의 분홍.

A는 경선이 손가방의 주인이라는 것을 깨달을 때까지 비 맞고 앉아 있었다.

입생로랑 낭떠러지

1

E는 걸으면서 여자친구를 떠올린다. 오늘은 그녀의 생일이다.

지갑을 선물하리라. 메탈릭 컬러의. E는 결정했다.

메탈릭 컬러가 여자친구의 취향인지 아닌지는 알 수 없지만, 싫어하지는 않을 것이라는 확신이 있다.

거리에 눈발이 날리고, 때늦게 웬 눈인가.

인도로 걸어야 하는데 보도블록을 까뒤집어놓은 날이다.

찬바람에 흙먼지가, 눈보라가 휘날린다.

이런 날씨에 무슨 공사를.

보도블록과 공원 터 여기저기 파헤쳐져 있다.

중장비 두 대가 덩그러니 멈춰 있다.

E는 카페로 가는 또다른 길, 크게 우회하여 걷는 경로를 떠올린다.

E는 천변으로 내려가 물을 따라 걷기로 한다.

2

축복이라는 건 그저 그런 상황에서 주시는 게 아니야. 핑크빛, 막 그런, 좋고, 그런 게 아니라. 코너로 몰아. 사람을 몰고 몰아서. 상황 중에 받을 수 있는 유일한 것, 보증된 건 천국이라는 자리뿐이라는 걸 깨닫게 해주는 거. 여기서의 생활이 너무 괴로우니까. 갈등이, 사람을 끝까지 몰아가는 일들이 너무 많으니까. 얼마 전에 급식 봉사하는 분 간증을 들었어. 오늘 밥 열심히 나눠주고, 내일 밥할 돈을 또 구해야 하는 게 너무 큰 고난인 거야. 밤새 기도를 한대. 내일 밥값이 없습니다. 내일 밥값이 없습니다. 그럼 신기하게 다음 날 딱 급식할 밥값만 입금되어 있대. 넉넉하게 편안하게 안 해주는 거야. 하루만 딱. 항상 하시는 일이 그거인 거야. 딱 그거. 하루치. 너무 신기한 거야. 신기한 가운데 이틀 치 주시면 안 되나요, 싶은 거지. 그러니까 하나님이 나를 사용하실 때는 사용할 그만큼만 하시는 거야. 하나님 음성 듣는다고 행복하고 그런 게 아니라니까. 그리고 하나님은 결코 내가 열성분자가 되기를 원하시지 않아. 내가 교회를 못 갈 일이 생기면, 오늘은 교회에 오지 말고 모임에 나가라, 하신다고. 내가 하나님 모를 때는 팝송도 듣고, 이것저것 다 들었는데, 하나님 알고 나서는 찬송가만 들었어. 그랬더니 어느 날 하나님이 네가 듣고 싶은 것 들어라, 하시는 거야. 그래서 알게 됐지. 아, 하나님은 내가 행복하기를 바라시는구나. 하나님이 너무 응답해주시니까 신학대학에 가려고 했거든. 신학대학 가기 전에 히브리어 떼고 가는 게 좋다고 해서, 히브리어 시작하려는데 그때 또 들렸어. 그 길은 네 길이 아니다, 음성이 들리더라고. 그래서 신학대학은 안 가기로 했어. 하나님 왜 그러시냐고 물을 때는 답이 없으셔. 사람은 모르는 거야. 하나님만 아시는 정확한 때에. 정확한 방법으로 딱 그만큼만 알려주시는 거야. 내가 구한다고 해서 그때마다 알려주시고, 들려주시는 게 아니야. 성령이 임한다고 마냥 핑크빛이 아닌 거야. 하나님이 작정하시면 내 몸으로 보여주셔. 물집이 똑 떨어지고 그 자리에 반점이 생기는 거야. 나 심장도 멈춰봤어. 심장이 멈추고, 호흡이 멈추면 얼마나 편안한지 몰라. 나를 그렇게 움켜쥐고 있던 게 내 숨이었던 거야.

    E는 카페에 앉아 교인들의 이야기를 듣는다.
    방언과 예언 기도에 대한 이야기를 듣게 된다.
    병과 약물 부작용과 치유에 대해서 듣게 된다.
    증상과 살아남에 대해서 듣게 된다.
    이대목동병원과 수술방에 대해서 듣게 된다.

끝의 방, 끝의 끝의 방에 대해서 듣게 된다.

폐소공포증과 멈춤에 대해서 듣게 된다.

도와주세요. 도와주세요. 하니까 호흡이 멈추는 거야. 듣게 된다.

그때 그 느낌이 순간적으로. 너무. 듣게 된다.

바로 또 살려주시고. 숨을 돌려주시고. 듣게 된다.

내가 촉이 좋아서 하나님이 일러주시는 것들을 빨리 알아차리는 편이기도 해. 듣게 된다.

촉이 불교 용어라는 것을, E는 알고 있다. 윤회 과정 중의 하나인, 사람이 죽고 다시 잉태된 다음, 태중 처음으로 알아차리는 감각. 닿을 촉. E는 묘하다고 생각한다.

묘해.

묘하다는 생각은 곧 여자친구에 대한 생각으로 이어진다.

E보다 일곱 살 어린 여자.

어린데 가끔 자신을 압도하기도 하는.

이 커피를 다 마시면 백화점으로 가리라. E는 자신의 일정을 환기한다.

백화점까지 가려면 얼마나 걸어야 하는지 E는 시뮬레이션한다.

택시나 버스를 타도 되지만 E는 걷고 싶다.

개는 요즘 뭐해?

쉬고 있대.

이미 쉬고 있던 거 아니었어?

이제 좀 다르게 쉬려나봐.

E가 백화점으로 가는 경로를 떠올리는 동안 옆 테이블의 주제는 완전히 다른 것이 되어 있고, E는 다시 듣는다.

개 단점은 친구가 없어. 주변인이 없어.

친구 하나 데려오래도 하나를 못 데려와.

외모, 볼품, 매너, 돈 쓰는 거, 친구.

없어.

아무리 그래도.

세상에.

하나도 없는 거야.

옆 테이블의 대화는 이전과는 판이한 것이고, 대화를 나누는 사람들이 바뀐 것 아닌가, E는 생각한다.

E는 잠깐 고개를 돌려 옆 테이블의 면면을 확인한다.

E는 커피의 얼음을 입안으로 털어넣고 씹는다.

3

 오팔 질감, 자개 같기도 하고요. 여자친구분 선물 주시는 거면 좋아하실 거예요. 영한 연령대에 잘 어울리는 디자인이에요. 손가락이 더 길어 보이기도 하고요. 잡았을 때, 이렇게요.

 입생로랑 매장 여직원은 웃는 얼굴로 카드지갑을 이렇게 저렇게 쥐어 잡는다.
 여직원의 손가락은 길고, 손톱에는 투명 매니큐어가 발려 있다.

 각도에 따라서 빛이 쪼개질 때 발하는 색이 달라져요. 분홍빛 같지만 이게 딱 핑크는 아니고, 연한 민트빛도 보이거든요. 홀로그램 효과가 있는 거예요.

 E는 네, 아 네, 대답한다.
 E는 여직원의 입을 보고 있다.
 여직원의 입술이 너무 도톰하고 번들거려서 자꾸 쳐다보게 된다고 생각한다.

들어보시겠어요?

여직원은 E에게 카드지갑을 건넨다.

E는 카드지갑을 매만져본다.

지갑은 E의 손안에서 몹시 작고, 그러니까 여직원의 말대로 콤팩트하다.

가죽은 아닌 것 같네요. E가 말한다.

네. 가죽은 아니에요. 여직원이 웃는 얼굴로 대답한다.

가죽이 아니면 뭐냐고, E는 묻지 않는다.

이걸로 주세요. E는 말한다.

포장하는 동안 매장 안을 더 돌아보시라 여직원이 말한다.

매장 안은 시트러스와 우디 향이 가득하다.

E는 여직원에게서 등을 돌리고 느리게 걷기 시작한다.

E는 천천히 고개를 돌리며 구경한다.

벽 선반과 진열장, 마네킹에 크고 작은 물건들이 진열되어 있다.

아무런 상품도 아닌 그저 입생로랑 로고 자체인 금속이 바닥에 덩그러니 놓여 있다. 번쩍인다. 크다. 크기가 저것의 의미인 것 같다. 번쩍임이 의미일까. 속이 비어 있을까. 그런 것 같지는 않다. 충분히 무거워 보인다. 금속물의 높이는 E의 어깨까지 올라온다. E는 그 조형물의 맨 윗면을 손바닥으로 쓸어본다. 차갑고 매끈하다.

다 됐습니다. 여직원이 말하는 소리를 듣는다.

감사합니다. E는 포장된 것을 받아들고 백화점에서 완전히 빠져나온다.

4

E와 여자친구는 와인과 치즈, 견과류를 사이에 두고 있다.
홀의 조명은 어둡다.

생일 축하해. E는 그 말을 할 타이밍을 고민한다.

우울해. E의 여자친구가 말한다.
오늘 생일이잖아. E가 말한다.

생일이라서 우울한 거야. 여자친구는 미간을 구긴다.
그렇구나. E는 그렇구나, 한다.

E는 테이블에 준비한 선물, 쇼핑백을 올려놓는다.
둘은 마주앉아 있고, 여자친구는 E의 머리보다 약간 위를 응시하고 있다.
E는 그녀의 빈 잔에 와인을 따른다.
여자친구는 몇 모금 연거푸 마시고 한숨을 쉰다.

어제 꿈을 꿨어. 여자친구가 말한다.

악몽이었니? E가 묻는다.

아니. 여자친구가 대답한다.

어떤 꿈이었는지, E는 더 묻지 않는다.

여자친구의 눈에 눈물이 맺히고 그녀의 아래턱이 미세하게 떨린다.

발포 비타민 같다. E는 그녀의 떨리는 안면을 보며 생각한다.

사람들은 끝내 뭐가 될까?

여자친구가 허공에 대고 말한다.

사람들은. 끝내. 뭐가. E는 속으로 되뇌어본다.

사람은 사람이 되지. 사람들은 천국이나 지옥에 가지. 그런 말들은 그녀가 원하는 말이 아니라는 것을 E는 알고 있다.

유리 종이 꿈을 꿨어. E의 여자친구가 말한다.

유리 종이는 얇고 투명해. 뾰족한 것으로 쓰면 깨지고, 묽은 것으로 쓰면 흩어져. 깨지고 흩어지는 꿈이었어.

E는 그녀의 꿈을 상상해본다.

상상이 잘 되지 않는다.

거기에 뭘 썼니?

비밀을 썼어.

E는 끄덕이며 입안에서 치즈를 녹인다.

둘은 와인 한 병을 천천히 다 비운다.

간절히 원하면 이루어질까? 여자친구가 묻는다.

뭘 원하니?

비밀이야.

E는 테이블 위에 놓인 입생로랑 쇼핑백을 여자친구 쪽으로 밀어본다.

여자친구는 쇼핑백에 묶인 리본을 풀고 그 안에서 상자를 꺼낸다.

상자 뚜껑을 열고 그 안의 습자지를 헤친다.

예쁘다. 여자친구가 말한다.

예쁜데 촌스러운 것도 같아. 그녀는 말하면서 웃는다.

싫지 않은 것 같은 얼굴이라고, E는 생각한다.

여자친구는 카드지갑을 이렇게 저렇게 쥐어본다.
갈색 조명 아래에서 지갑은 밝게 빛난다.

잘 어울려. E가 말한다.
고마워. 여자친구는 다시 지갑을 상자 안에 담고, 종이 상자는 쇼핑백에 넣는다.

E는 와인 한 병을 더 주문한다.
잔을 부딪치지 않고 각자의 속도로 마신다.
둘 다 멍하다.

올여름에 어디에 놀러갈 수 있을지, 둘은 이야기한다.
여자친구는 섬에 가고 싶다.
E는 비행기나 배를 타고 싶지 않다.

한여름에는 할 수 있는 일이 많지 않다. 너무 덥고 지치기 때문에. E는 좋은 숙소에서 쉬고 싶다. 여름을 떠올리면 숙소에 대한 생각이 전부인 것이다. 큰 창이 있는, 쾌적한, 푹신한, 파도 소리는 들리지 않아도 상관없다.

꼭 섬이어야 하는 거니? E가 묻는다.

그런 건 아니야. 여자친구가 대답한다.

한동안 둘은 말이 없다.
둘은 테이블에 놓인 작은 초를 본다. 촛불의 윤곽이 또렷하다.

나는 오빠 이상을 알아. 여자친구가 말한다.
내 이상? E가 되묻는다.

나는 오빠가 사는 방식을 존중해. 여자친구가 말한다.
내 방식? E가 되묻는다.

그게 오빠 포즈인 거지. 삶을 사는 포즈. 여자친구가 말한다.
내 포즈? E는 자기 포즈에 대해 생각한다.

두번째 와인 병이 바닥을 드러낸다.
E는 핸드폰 액정에서 시간을 확인한다.
1시 11분.
이제 다른 곳으로 이동해야 한다.
이곳에서는 더 할 말도, 할 생각도 없기 때문에.

5

E와 여자친구는 골목과 대로변, 다리 밑을 걷는다.

오래 걷는다는 생각 없이 걷는다.

여자친구는 E의 한쪽 팔을 붙잡고 늘어지듯 걷는다.

E는 한쪽 어깨를 푹 내리고 걷는다.

두 사람의 걷는 그림자를 멀리서 본다면, 절뚝이는 한 명의 것처럼 보인다.

E는 걷는 동안 술이 좀 깨기를 바라지만 그의 바람과는 달리 걸을수록 몽롱하다.

둘은 드문드문 대화를 하기도 하고 아주 말없이 걷기도 한다.

둘 다 격렬하게 웃을 힘은 없다.

그만 걷고 헤어지려 할 때, 어두운 길가 저멀리 선명한 빛을 발견한다.

맥도날드다.

둘은 약속한 것처럼 그리로 간다.

24시 맥도날드 매장의 유리문을 밀고 들어간다.

너무 밝다. 여자친구가 말한다.

너무 밝고 넓다. E가 말한다.

더블치즈버거 세트 두 개를 주문한다.

와인 바에서 갖가지 치즈를 먹고 나와 또 치즈버거를 먹는 것이다.

E와 여자친구는 맥도날드 구석에 자리잡고 앉는다.

누가 먼저 잠들어도 이상하지 않은, 둘 다 잠이 오는 얼굴이다.

오늘은 여자친구의 생일이고, 아니 이제 어제의 일이 되었다.

주문한 것들을 테이블에 펼쳐두고 둘은 먹기 시작한다.

비슷한 속도로 느리게 E와 여자친구는 치즈버거를 우물우물 먹는다.

감자튀김과 콜라까지 남김없이 천천히 먹는다.

우리 배가 고팠었나. E가 말한다.

여자친구는 뭐라 대답하려다가 인상을 찌푸린다.

그녀는 급히 한 손으로 입을 막고 또다른 손으로는 긴 머리칼을 부여잡고 뛰쳐나간다.

E는 뒤따라 나가려다 앉은 자리에서 기다리는 게 좋겠

다는 생각을 한다.

E 역시 속이 좋지 않다. 토할 정도는 아니지만 더부룩하고 역하다.

맥도날드 내부에 기름냄새와 히터 바람이 가득하다.

E는 여자친구를 기다린다.

걔 그래서 요즘 뭐해?
쉬고 있대.
어떻게 더 쉴 수 있지?
어떻게든 쉬겠지. 꾸역꾸역.
미련해.
미욱해.

E는 멀찍이 테이블에서 하는 대화를 듣는다.

새벽이고, 그들의 목소리는 크지 않지만 잔잔하게 공간을 울린다.

미욱하다는 건 뭘까. E는 생각해본다.

나 멈춰봤어.
심장이?
심장이.

어떻게 그럴 수가.

거짓말 아니야.

그러니까 어떻게 그런 일이.

설명 안 되는 거야. 그 안락함.

E는 지금 말하는 얼굴이 궁금하다.

E는 대화가 들리는 쪽으로 고개 돌린다.

눈이 마주친다.

눈이 마주치자 방금까지 대화하던 테이블의 사람들이 말을 멈춘다.

매장 안의 아무도 말하지 않는다.

맥도날드에 손님은 E와 그 테이블뿐이다.

E가 먼저 시선을 거둔다.

얼마 지나지 않아 다시 속삭이는 소리가 들려온다.

좀 더 작은 목소리로 그들은 말하고, E는 더 주의를 기울인다.

E는 오늘 먹은 모든 것이 소화되지 않아서 콜라를 한 잔 더 마시고 싶다.

여자친구는 돌아오지 않을 것처럼 늦어진다.

나가서 찾아보아야 할까. E는 생각하지만 앉은 자리에서 기다리기로 한다.

E의 여자친구는 늦어지고 늦어지다 끝내 자리로 돌아온다.

그녀는 말간 얼굴로, 편안해 보이는 표정으로, 오늘 처음 만나는 사람처럼 환하게, 유리문을 밀고 맥도날드 안으로 들어온다.

6

여자친구는 택시를 잡아탄다.

그녀는 술이 다 깬 것 같다.

그녀가 탄 택시가 빠르게 E의 시야에서 사라진다.

거리는 멈춘 것처럼 고요하다.

방금 여자친구가 타고 떠난 택시가 이 세상의 마지막 택시인 것 같다.

E 역시 택시를 잡아야 하기 때문에 그 자리에 계속 서 있기로 한다.

새벽이고, E는 추워서 움츠러든다. 그는 단단히 팔짱을 끼고, 한 발에서 또다른 발로 무게중심을 옮기며 천천히 제자리걸음을 한다.

E는 도무지 술이 안 깬다. 머리가 너무 무겁다.

고개를 숙이면 머리가 뚝 떨어질 것 같다.

E는 고개를 들어 공중에 걸린 신호등을 본다.

황색 신호등이 일정한 속도로 깜빡이는 것을 본다.

입으로 깜, 빡, 깜, 빡, 뻥끗거린다.

새벽 거리에서 신호 점멸음은 제법 크게 들린다. 무언가 흐르는 소리 같기도 하고 끊기는 소리 같기도 하다. 그 둘

다라는 것을 E는 안다.

 E는 이런저런 생각들을 이어붙이고 있다.

 어떻게 해도 택시는 나타나지 않는다.

 E의 들숨과 날숨에서 술냄새가 난다.

 E는 이제 목이 마르다.

 E는 입안에서 혀를 굴린다. 침을 만들어 삼킨다.

 여자친구는 내가 준 선물을 잘 챙겼던가. 문득 E는 궁금하다.

 E는 그녀에게 전화를 건다.

 전화를 받지 않는다. 전원이 꺼져 있고.

 꺼져 있는 걸 알면서도 두 번 더 전화를 건다.

 지갑 잘 챙겨갔니? E는 메시지를 남기려다가 관둔다.

 택시는 쉽게 잡히지 않을 것 같다.

 여기서 집까지 걸어가면 얼마나 걸릴까. E는 시뮬레이션한다.

7

 천변에 도착하자 E는 이미 집에 도착한 것처럼 마음이 놓인다.

 물줄기를 따라 조금만 더 걸으면 그의 집이 나타날 것이다.

 물 흐르는 소리를 들으며 걷는다.

 E는 걷다가 물가에 앉을 만한 돌을 찾아 거기 앉는다.

 너무 오래 걸어서 곧 해가 뜰 것 같다고 E는 생각한다.

 여자친구의 핸드폰은 여전히 꺼져 있다. E가 켤 수는 없다.

 E의 핸드폰 역시 곧 꺼질 것이다. 남은 배터리는 4퍼센트다.

 E는 물을 향해 몸체를 기울인다.

 물은 거울이 아니라는 것을 알고 있지만 확인하고 싶다.

 E는 자기를 확인하고 싶다.

 흐르는 물결에 E의 형체가 끊임없이 이글거린다.

 물결을 바라보는 것만으로도 멀미가 난다.

 E는 물에서 뭔가 더 보고 싶다.

 E는 여름휴가를 상상한다.

 배를 탄다면. 섬에 간다면. 종일 헤엄치고 살갗을 태운다면. 한참을 덥다가 차가운 걸 마신다면. 여자친구가 섬에서 가장 하고 싶은 게 수영일지 태닝일지, 차가운 걸 마시는 것일지, 뒤늦게 E는 궁금하다. E는 대체로 두 시간, 이틀, 두어 달 정도 느리다. 깨달을 때마다 이미 지나간 후이고, 별수없기 때문에 곧잘 체념한다.

체념. E는 그 단어를 떠올리자 마음이 편하다.

E는 여자친구에게 체념하는 법을 알려주고 싶다.

걔 매사에 감사한 걸 몰라.

걔가 좀 그렇더라고.

주제를 모르고.

몰라도 그렇게 모르고.

그런 족속들이 있어. 아무 생각 없이 사는.

어, 정말 생각이 없어.

새벽 조깅을 시작하는 사람들의 대화가 E의 뒤에서 들려온다.

E는 뒤돌아 그들을 확인한다.

탁, 탁, 탁 뛰는 두 사람의 뒷모습이 경쾌하다.

E는 집으로 돌아가 자고 싶다.

이번에 잠들면 한동안 깨고 싶지 않다.

E는 이미 잠든 것처럼 몽롱하다.

지금 앉아 있는 이 물가는 잠들 만한 곳이 아니다.

E는 결심을 하고, 돌에서 엉덩이를 뗀다.

앉은 자리에서 일어서자 현기증이 인다.

전신이 뻐근하다. E는 선 채로 천천히 기지개를 켠다.

E는 주머니에서 핸드폰을 꺼내 여자친구에게 전화를 건다.

이번에는 신호가 간다. 하지만 받지 않는다.

E는 다시 걷기로 한다.

이렇게 오래 걸었는데 왜 아침이 되지 않을까.

E는 천변에서 완전히 벗어나 파헤쳐진 보도블록을 지난다.

멈춘 중장비는 그 자리에 그대로다.

E는 우회하고 싶지 않다.

'공사중' 천막을 넘는다. 가로질러갈 것이다.

천막을 넘는 동안 E는 뭔가 치밀어오르는 것을 느낀다.

경계의 안일지, 밖일지. E는 자신이 서 있는 곳에 대해서 잠깐 생각해본다.

아무런 두서 없이 길바닥 여기저기 파헤쳐져 있다.

저건 뭘까. 저 정육면체는.

발전기다.

아침에도 저 자리에 있었던가. 그건 기억나지 않는다.

E는 발전기가 얼마나 시끄러운지 알고 있다.

E는 발전기가 필요한 상황까지 가고 싶지 않다. 피곤하다.

너무 피곤한 사람은 걷다가 잠들 수도 있다. E는 그것을 모른다.

E는 자기의 피곤함을 모르고 계속해서 걷는다.

E는 자동기계처럼 걷고, 걷다가 한순간 무릎이 꺾인다.

한순간 잠으로 툭 빠져든 것이다.

E의 발목과 허리, 어깨와 목이 잘못 쌓은 구조물처럼 와르르 무너진다.

어느 모서리에 머리를 찧는다.

성령이라는 게 핑크빛은 아니지만.

E의 감은 눈에 보이는 것은 선명한 핑크빛이다. 눈이 부신 형광의 분홍이 E의 눈꺼풀 안쪽에 가득하다. 빛은 점점 더 비대해져 E의 머리통을 가득 채우고 안구 밖으로 쏟아질 것 같다.

부르셨나요? E는 들려오는 목소리를 듣는다.

E는 자기의 손에 들린 핸드폰을 알아차린다.

E는 입안에서 찌르는 듯한 이물감을 느낀다.

유리 종이. 여자친구가 꿈꿨다던 유리 종이 파편을 씹은 것 같다.

E의 입안에는 유리나 종이가 아니라 모래와 돌가루가 가득하다.

E는 뱉고 싶다. 잘 뱉어지지 않는다. 혓바닥이 뻣뻣하다.

무엇을 도와드릴까요? 구체적으로 말씀해주시겠어요. 목소리는 한번 더 말한다.

E는 바닥에 자그락거리는 것들을 더듬는다.

더듬거리는 그의 손짓에 차갑고 매끈한 무언가 스친다.

좀더 더듬자 훅 꺼져버리는 허공이다.

E의 몸체가 균형을 잃고 한쪽으로 기운다.

낭떠러지요. E는 작게 중얼거리듯이 말한다.

다시 말씀해주시겠어요?

더, 다시 말해야 할 무언가를 E는 생각해야 한다.

생각이라는 게 이어붙이기조차 어려울 때도 있다.

E의 뺨에 차가운 뭔가 톡 떨어진다. 하려던 말이 흩어진다.

발전기 가동되는 소리가 시작된다.

소리 때문에 E의 안면이 덜덜덜 떨려온다.

지금 많이 간절하세요? E는 듣는다.

지금 아침인지, E는 묻고 싶다. 그게 왜 중요한지는 알 수 없다.

위
리

오후 여섯시가 되자 카페 통유리로 해가 들이친다.
카페 내부는 지나치게 번쩍이고 철제 테이블이 달궈진다.

가신 줄 알았어요. 그렇게 오래 자리 비워두시면 저희가 치우기로 했거든요. 짐을. 네. 손님들 짐을요. 저희 카페 규율이고, 직원들이 어렵게 회의하고 전원 동의한 내용이라. 오십 분 이상 부재중이시면 그건. 저희로서는 가셨다고밖에. 저희가 손님 짐을 보관하는 거지 폐기하는 건 아니거든요. 저만의 독단으로 손님 짐을 만지작거리고 함부로 굴리고 그러는 게 아니라는 거 꼭 알아주시고 불쾌해하지 마세요. 가끔은 정말 중요한 물건도 두고 가버리는 손님이 계세요. 사람은 없고 물건은 올려져 있을 때. 빈자리에 대해서 직원 단 한 명의 판단으로는 너무 어렵고. 옆의 동료랑 야, 간 거야? 확실해? 몇 마디 나눠야 하고. 저희 입장에서는 에너지 소비거든요. 손님 표정이 좀 받아들이기 힘들어서 말이 길어졌습니다. 손님 태블릿, 노트, 펜, 그 가방에 잘 챙겨서 넣어두었어요. 살펴보세요.

Y는 카페 사장에게서 검은색 백팩을 받아든다.
사장은 중년의 여자다.
Y는 자기가 앉아 있던 자리가 말끔히 치워진 것을 본다.

Y는 아직 카페에서 해야 할 일이 남아 있다.

여름휴가 계획을 세울 것이다.

Y의 휴가는 6박 7일이다.

혼자 떠나거나 여자친구와 함께 떠날 수도 있다.

정해진 것은 없다.

이제 이 카페에서 모든 것을 정할 것이다.

Y는 새 음료를 주문하기 위해 카운터를 향해 다시 돌아선다.

사장은 사라지고 처음 보는 여직원이 카운터 너머에 있다.

Y는 아이스커피를 주문한다.

Y는 진동 벨을 받아들고 크지 않은 홀 안을 둘러본다.

투명 아크릴 의자에서 반사되는 햇빛에 눈이 부시다.

Y는 그림자가 길게 드리워진 테이블에 자리잡는다.

Y는 가방 안에 들어 있는 물건들을 확인한다.

카페 사장의 말대로 그의 물건들은 가방 안에 잘 챙겨져 있다.

사장이 틀린 말을 한 것 같지는 않다.

그러나 다 맞는 말인지도 모르겠다.

오십 분이나 자리를 비웠던가. Y는 그건 아닌 것 같다는 생각을 한다.

Y는 카페 건너편 아파트 단지를 산책하고 돌아왔을 뿐

이다.

Y는 가방에서 태블릿과 무선 노트, 펜을 꺼내 테이블 위에 올린다.

Y는 노트를 펼치고 쓴다.

받아들이기 힘든 표정
에너지 소비
확실해? 몇 마디 나눠야 한다

Y는 사장에게 들은 말들을 써보고,
Y는 노트에 몇 가지 표정을 그려본다.

어디야?
여자친구에게서 메시지가 도착한다.

여기 올래? Y는 여자친구에게 메시지와 함께 카페 주소를 보낸다.

Y의 여자친구가 카페에 온다면, 그들은 일주일 만에 만나는 것이다.

진동 벨이 울리고 Y가 커피를 가지러 가는 사이 테이블에 드리워진 그림자는 좁고 뾰족해진다.

Y가 자리로 돌아와 앉았을 때 그의 한쪽 뺨에 진한 햇빛이 빗금 그어진다.

카페의 손님은 Y뿐이다.

Y는 남쪽의 섬에서 3박 혹은 4박 머무르고 싶다.

섬에서의 일정 앞과 뒤로는 항구 근처에서 머물 것이다.

Y는 가려는 섬이 최남단인지 아닌지 궁금하다.

Y는 태블릿에서 맵을 켠다. 최남단은 아니다.

Y는 지도를 확대하고 위성 이미지로 변경한다.

섬의 지형이 사납고 물은 깊어 보인다.

어두운 녹색과 남색에 가까운 짙은 파란색이 주를 이루고, 돌과 절벽이 검은색과 회색으로 보인다. 섬의 가장 높은 곳에 흰 조형물이 있다.

Y는 노트에 섬의 전경을 스케치해본다.

굵은 선을 몇 번 긋는 것만으로 섬의 거친 절벽이 표현된다.

Y는 섬의 가장 높은 곳에는 가지 않을 것이다.

해안가로 가 반나절 헤엄치고 해가 질 때까지 모래에 누워 살을 태울 것이다.

섬에 부는 바람은 미지근하고 살갗은 쓰라릴 것이다.

Y는 카페 통유리로 들이치는 해에 손등과 뺨이 따갑다.

카페 카운터에 선 사람은 가끔 바뀐다. 직원에서 사장으로. 사장에서 직원으로.

Y는 섬에서 가장 수심이 얕은 해변을 찾기 위해 지도를 훑는다.

'위리 해변'이라는 지명을 발견한다.

Y는 엑셀 창을 띄우고 '위리'를 적는다.

Y는 첫번째 스케줄을 고민한다.

첫번째 식사와 첫번째 숙소.

섬 안의 숙소는 오래된 민박뿐인 것 같다.

식당은 없고 매점이 두 곳 있다.

먹을 거 넉넉히 챙겨가세요. 그런 내용이 포함된 블로그 글을 읽기도 한다.

Y는 섬에서 먹을 것들로 커피, 맥주, 수박을 떠올린다.

그것만으로는 부족하다.

라면, 통조림을 떠올린다.

더 특별한 것을 챙기자면 냉동된 양갈비를 아이스박스에 넣어 가져갈 수도 있다.

그러나 뭔가 굽는 것은 Y의 취향이 아니다.

휴양지에서 바비큐를 즐기는 것은 Y의 여자친구다.

Y는 계속 검색한다.

항구에서 섬까지 소요 시간, 배 시간표, 배를 타는 날의 파고와 풍속 예보.

언제 나타났는지, 카페 사장은 Y의 테이블 위에 접시를 올려둔다.

비스킷 두 조각이다.

음료 한 잔 더 주문해주셔서 감사합니다. 그냥 앉으셔도 되는데. 사장이 말한다.

아직까지 카페에 손님은 Y뿐이다.

사장은 카운터 너머로 돌아가 직원 옆에 선다.

해가 지고 있는지 카페 내부의 열기가 서서히 사그라진다.

Y는 유리 밖을 본다. 가로수 잎이 더위에 축축 처져 있다.

길 건너 아파트 단지 담장에 능소화가 덩굴져 있고, 역시 축축 처져 있다.

해가 지자, 해가 지기를 기다렸다는 듯이 남자 둘이 카페로 들어온다.

두 남자는 홀 한가운데의 원형 테이블에 자리를 잡는다.

둘 중 한 명의 목소리가 크다.

그건 고점에서 사서 그래.

그건 저점에서 사서 그렇고.

의심을 왜 해. 내가 사랄 때 바로 샀으면 너 지금.

주로 한 명이 웃으면서 말한다.

다른 한 명은 웃으면서 듣는다.

Y는 다시 태블릿을 본다.

위리 해변과 섬의 가파른 골목들.

Y는 위리도의 이미지를 빠르게 넘긴다.

Y는 위리도에 한 번도 가본 적 없지만, 가본 것 같은 기분이 된다.

Y는 좀더 정확한 파고 예보를 원한다.

Y는 어느 낚시꾼의 블로그에 접속한다. 낚싯배를 타고 바다 한가운데에서 얼마나 울럭거렸는지, 그런 글을 읽는다. 배에서 토하지 않기 위해 이틀을 굶었다는 내용은 좀 과장된 것 같다는 생각을 한다.

낚시꾼의 마지막 문장은, 바다는 아무도 모르는 것, 파고 예보는 당일에도 바뀔 수 있다는 것이다. 글의 말미에 바다 소용돌이 이미지가 첨부되어 있다. 좁고 깊어 보인다.

Y는 검색창에 바다 소용돌이를 적어넣고 비슷하지만 약간씩 다른 소용돌이들을 본다.

카페 사장은 홀 안을 돌아다니며 테이블마다 작은 초를 얹어둔다.

저녁 일곱시부터는 주류와 안주류를 판매한다고. 사장

은 Y에게 다가와 작게 말하고 메뉴판을 건넨다.

사장은 원탁의 두 남자에게도 다가가 같은 멘트를 한다.

원탁의 그들은 생맥주 두 잔을 주문한다.

Y의 여자친구는 일곱시 삼십분쯤 카페에 도착한다.

여자친구는 카페 유리문을 활짝 열고 들어와 곧장 Y의 테이블 앞에 선다.

일주일 만에 보는 여자친구의 얼굴이다.

좀 까칠해진 것 같다고 Y는 생각한다.

헤어지기 전에 한 번은 보려고 왔어. Y의 여자친구가 말한다.

여자친구는 크지 않은 목소리로 말했는데, 원탁의 두 남자와 카운터 너머의 사장과 직원이 Y를 향해 고개 돌린다.

Y는 여자친구의 심중을 알 수 없다.

아마 반은 진심이고 반은 장난 아닐까.

Y는 심각해지지 않기로 한다.

앉아. 뭐 마실래? Y는 여자친구에게 메뉴판을 건넨다.

여자친구는 대꾸 없이 메뉴판을 받아들고 Y의 맞은편에 앉는다.

여자친구는 위스키 한 잔과 치즈 플레이트를 주문한다.

사장과 여직원은 다른 복장이 되어 카운터 너머에 서 있다.

옷을 바꾼 것이 아니라 검은색 앞치마를 꽉 조여 입었다는 것을, Y는 알아본다.

여자친구는 카운터 쪽의 사장과 여직원에게 시선을 두고 있는 Y를 본다.

뭘 보는 거야? 여자친구가 Y에게 묻는다.

옷이 아까랑 달라져서. Y가 대답한다.

사장은 Y의 테이블에 위스키와 치즈를 서빙한다.

제가 수제로 말린 것들이에요. 서비스. 사장은 말린 과일들이 담긴 접시를 테이블에 올린다.

감사합니다. Y가 말한다.

Y는 말린 체리를 여자친구의 얼굴 앞에 가져간다.

여자친구는 고개를 돌린다.

Y는 자기 입에 말린 체리를 넣는다.

한 번 씹었을 뿐인데 침이 가득 돈다.

체리 과육에서 씁쌀한 맛이 나기도 한다.

Y는 체리에서 어떤 맛이 나는지, 이토록 오래 생각해본 적이 없다.

최신 기술일수록 실제와 가상에 차이가 없어.

내년이면 이 바닥 많이 달라질 거야.

이제 정말 직접 하는 촬영이 의미가 없다는 거야.

사람이 창작한다고 하는 건 이제 어떤 개념이 되는 거지?

원탁에 앉은 두 남자의 직업이 촬영감독과 조연출이라는 것을, Y는 알게 된다.

Y는 말린 과일들을 하나씩 집어먹으며 원탁에서 들려오는 말들을 듣는다.

뭐해? 여자친구가 Y에게 묻는다.

저 사람들 이야기가 재미있어서. Y는 눈짓으로 홀 한가운데 앉은 남자들을 가리킨다.

밖이 완전히 어두워지고. 카페 홀의 음악은 느린 재즈로 바뀐다.

사장은 천장에 매립된 조명의 조도를 낮춘다.

사장은 통유리창으로 가 블라인드를 내린다.

반 열림 상태의 블라인드 사이로 가로수의 초록이 드문드문 보인다.

이 카페에 블라인드가 있었다니. Y는 의아하다.

Y는 일몰 직전에 따가웠던 해를 떠올린다.

Y는 여자친구에게 휴가 계획을 묻는다.

여자친구는 대답하지 않고 자기 잔을 비운다.

여자친구는 위스키를 한 잔 더 주문한다.

정말 헤어지기 전에 한번 보러 온 것일까. Y는 생각한다.

기분이 안 좋아? Y가 여자친구에게 묻는다.

좋아. 여자친구가 대답한다.

헤어지기 전에 한번 보러 왔다며. Y가 묻는다.

해본 말이야. 여자친구가 대답한다.

해본 말의 의미. Y는 여자친구의 말이 바다 소용돌이 같다고 생각한다.

Y는 검지를 테이블에 대고 빙글빙글 돌려본다.

Y는 태블릿에 섬의 지도를 띄워 여자친구에게 보여준다.

올여름 휴가는 이 섬에서 보낼 생각이라고 말한다.

여자친구는 Y에게서 태블릿을 가져간다.

사람이 안 사는 곳 같아. 여자친구가 말한다.

살아. Y가 말한다.

위리도에서 할 수 있는 게 뭔지, 뭘 하고 싶은지, 여자친구가 묻는다.

수영. Y가 대답한다.

완전한 휴가가 될 수 있을 것 같다고 Y는 덧붙인다.

완전한 휴가가 뭐야? 여자친구가 묻는다.

뭘까. Y는 고민한다.

완전한 비일상. Y가 대답한다.

여자친구는 피식 웃는다.

나는 완전한 휴가 원하지 않아. 여자친구가 말한다.

그럼 뭘 원하는데? Y가 묻는다.

나는 완전한 비물질이 되고 싶어. 여자친구가 대답한다.

그게 무슨 뜻인지. Y가 묻는다.

비물질 몰라? 여자친구가 Y에게 되묻는다.

알지만, 그래서 그게 무슨 뜻인지.

Y는 자기 노트에 be물질이라고 적는다.

여자친구는 Y의 노트를 내려다본다.

이렇게 작은 불에 아지랑이가 보여. 여자친구는 테이블 위의 작은 초를 자기 손바닥 위에 올린다.

Y는 여자친구의 손바닥, 촛불을 향해서 상체를 앞으로 기울인다.

촛불의 가장 바깥은 푸르고, 촛불의 가장 중심은 붉다.

여자친구는 촛불을 바라보고 있고, 눈이 좀 멍해 보인다.

테이블 위 마른 과일과 치즈는 아직 반 넘게 남아 있다.

원탁의 두 남자 중 한 남자가 계속해서 말한다.

사람은 사람을 좋아해.
사람이 만든 것.
사람이 평가하는 걸 더 믿는 경향이.

원탁의 두 남자 중 한 명은 여전히 별말이 없다.
Y는 문득 이 카페에 너무 오래 있었다는 생각이 든다.
여자친구는 카페에서 벗어날 생각이 없어 보인다.
여자친구는 위스키와 촛불, 흐르는 재즈 리듬을 즐기고 있다.
Y는 여자친구에게 나가자고 말할 수 없다.

언제부터인지 통유리 밖에서 빗소리가 들리고, Y는 창을 향해 고개 돌린다.
여자친구는 두번째 위스키 잔을 다 비운다.
Y는 여자친구에게 가고 싶은 휴가지가 있는지 묻는다.
어디에도 가고 싶지 않다는 대답이 돌아온다.
어디에도 가고 싶지 않다는 건 또 어떤 마음인지.

그럼 휴가는 나 혼자 다녀올게. Y가 말한다.

여자친구는 대답이 없다.

Y는 메뉴판을 뒤적이다 여자친구가 주문한 것과 같은 위스키를 주문한다.

Y는 이 카페에서 충분히 오래 머물렀지만, 이렇게 하루를, 주말을 마무리하는 것도 나쁘지 않다고 생각한다.

Y는 여자친구와 식당이나 또다른 쉴 곳을 찾아 거리를 헤매고 싶지 않다.

여자친구는 Y의 노트를 자기 앞으로 가져가 낙서를 하고 있다. 꽤 심취한 것 같다.

낙서가 아니라 중요한 메모를 하는지도 모른다.

그녀가 뭘 끼적이는지 맞은편에 앉은 Y에겐 잘 보이지 않는다.

그래. 혼자 다녀와. 여자친구가 말한다.

진심일까. 반은 진심이고, 반은 시험삼아 하는 말인 것 같다.

고마워. Y는 대답한다.

뭐가 고마워? 여자친구가 묻는다.

Y는 고마운 게 무엇인지 생각해야 한다.

한순간 파열음과 함께 홀 안의 모든 조명이 꺼진다.

유리창 밖 거리의 가로등 역시 일제히 꺼진다.

카운터에 서 있던 여직원은 짧은 비명을 지른다.

Y는 테이블 위의 초를 들어 여자친구에게 가져다댄다.

놀란 얼굴이다.

Y는 여자친구의 옆자리로 옮겨 앉는다.

정전인가봐. Y가 말한다.

어두움 속에서 촛불이 더 선명하게 보인다.

사장은 홀의 한가운데로 천천히 걸어나온다.

테이블마다 놓인 촛불이 커다란 사람 그림자를 만들어낸다.

벽과 천장이 홀 안을 걷는 사장의 그림자로 가득하다.

사장은 통유리창으로 다가가 블라인드를 걷고 밖을 본다.

밖에 지금 비가 내리고 있나요? 원탁의 누군가 허공에 대고 묻는다.

비가 아닌 것 같아요. 우박 같아요. 사장이 대답한다.

유리 밖이 번쩍인다.

천둥소리 없이 몇 번 더 창밖이 밝아진다.

장 열리면 바로 전력 복구 업체 종목 사. 원탁의 남자가 말한다.

이미 샀어. 원탁의 다른 한 명이 말한다.

샀다고?

어. 샀어. 일 년 전에.

얼마나 샀는데?

좀 샀어.

원탁에 앉은 두 남자는 어두움 속에서도 대화한다.

오빠도 사. Y의 여자친구가 속삭인다.

나는 주식 안 해. Y가 대답한다.

그럼 오빠는 뭐해? 여자친구가 묻는다.

나는 출퇴근하지. 너 만나고. Y가 대답한다.

Y는 여자친구에게 너는 뭘 하는지 물으려다 만다.

어쩌면 여자친구는 주식이나 코인, 바카라를 할 수도 있고, 적금이나 보험에 관심이 많을 수도 있다.

Y는 정전 기사 몇 개를 훑어본다.

정전 속에서 핸드폰 빛이 지나치게 밝다.

창밖에서 꽝꽝하는 천둥소리가 시작되고, 이번에는 빛

이 없다.

Y의 옆에 앉은 여자친구는 움찔움찔 놀란다. 비명을 지르지는 않는다.

우박의 크기가 점점 커진다.

창에 부딪히는 소리가 요란해진다.

밖을 보기 위해 사람들은 유리창 쪽으로 다가간다.

일정한 간격을 두고 일렬로 전면 유리 앞에 선다.

Y는 자기 옆에 서 있는 남자가 원탁의 말이 많은 남자인지 말이 없는 남자인지 알 수 없다.

비바람에 유리창이 떨린다.

Y의 여자친구는 유리창에 손바닥을 지그시 가져다댄다.

Y는 여자친구를 따라 유리창에 손바닥을 얹는다.

사람들은 말없이 새카만 밖을 열심히 본다.

Y는 뭔가 보이는 것도 같다.

촛불 빛에 유리 앞으로 선 사람들의 얼굴이 반사된다.

Y는 한 명 한 명의 표정을 본다.

몇 살이에요? 원탁에 앉아 있던 남자가 Y의 여자친구에게 묻는다.

두 남자 중에 말수가 적었던 남자다.

Y는 남자의 목소리가 들리는 쪽으로 고개를 돌린다.

여자친구는 자기 나이를 대답한다.

Y는 여자친구의 손목을 세게 붙잡는다.

여자친구는 가볍게 뿌리친다.

유리 밖의 거리에서 빛과 굉음이 내리친다.

바닥으로 내리꽂히는 우박은 위협적인 크기가 되어 마구 창을 친다.

사람들이 피할 새 없이 전면 유리에 굵은 금이 간다.

유리의 굵은 금은 순식간에 실금으로 거미줄처럼 번진다.

믿을 수 없어요. 여직원이 말한다.

이쪽으로 오세요. 유리 깨지면 위험해요. 사장이 모두에게 말한다.

사람들은 더듬듯이 홀 안을 걸어 카페의 가장 안쪽, 카운터 너머로 간다.

촛불은 같은 방향으로 흔들리고, 벽과 천장에 비치는 거대한 그림자가 겹겹이다.

카운터는 Y의 허리 높이다.

사람들은 카운터 너머에 서서 전면 유리의 처참함을 본다.

왜 저렇게까지 된 건지. Y는 이해할 수 없다.

균열에 또다른 균열이 반복적이고, 균열마다 촛불 빛이 어른거린다.

밖에서 유리 해체해주실 분 있는지 알아볼게요. 사장이 말한다.
사장은 몇몇 지인에게 전화를 건다.
누구와도 연결되지 않는다.
전화가 안 되네요. 사장이 말한다.

뭔가 끊어졌나봐요.
뭐가 끊어진 걸까요.

카운터 뒤에 서 있던 누군가가 그 자리에 쭈그려앉는다.
한 명이 앉자 차례대로 모두 푹푹 주저앉는다.

사장은 테이블 위에 놓여 있는 초 몇 개를 카운터 뒤로 가져온다.
사람들의 앞에 삭은 초 여섯 개가 놓인다.

나도 갈래. Y의 여자친구가 말한다.
조용한 가운데 여자친구는 말을 한 것이다.

모두 그녀를 향해 고개 돌린다.

어디에? Y가 여자친구에게 묻는다.

위리도. 여자친구가 대답한다.

고마워. Y가 말하자 여자친구는 무엇이 고마운지 묻는다.

같이 간다니까 고맙지. Y는 대답하고, 진심이다.

여자친구가 원한다면, 아이스박스 가득 냉동 양갈비를 넣어 섬으로 떠날 것이다.

우박은 쉬지 않고 튄다.

끊임없이 타닥거리는 소리가 들린다.

있을 수 있는 일이에요. 카페를 하면서 이런 일은 처음이지만. 있을 수 있는 일이라고 생각해요. 다들 안 다치셨으면 저는 그걸로 족해요. 사장이 말한다.

사장은 두 손으로 얼굴을 감싼다.

촛불과 빗소리 때문인지 사장의 말은 고백 투로 들린다.

네. 저는 안 다쳤습니다. 원탁에 앉아 있던 남자 중 누군가 말한다.

저도 안 다쳤어요. Y의 여자친구가 말한다.

네. 저도. Y가 대답한다.

사장님은 괜찮으세요? 여직원이 말한다.

원탁의 말이 많았던 남자는 앉은 자리에서 졸고 있다.

저도 다친 데는 없어요. 감사한 일이죠. 바로 유리 앞에 다들 서 있었는데. 정말 감사한 일이에요. 사장이 한번 더 고백 투로 말한다.

우박, 굉음 같은 천둥, 번개가 연이어진다.

카운터 뒤에서 사람들은 각자 다른 끝을 상상하고 비슷한 불안을 느낀다.

머지않아 카페의 전면 유리가 산산조각으로 무너지고, 비바람이 홀 안으로 들이닥친다.

사람들은 카운터 뒤에 앉아 있기 때문에 그 광경을 목격하지 못하지만, 모두가 같은 순간, 완전히 깨져버렸다는 것을 알아차린다.

거리에서 무언가 부딪히고 휘날리는 소리가 선명하게 들린다.

사장은 견딜 수 없다는 듯이 탄식한다.

사장은 터지는 울음을 참을 수 없다.

원탁의 남자는 사장의 우는 소리에도 계속 졸고 있다.

원탁의 또다른 남자는 자기 자리에 올려둔 지갑을 챙겨

카페 밖으로 나간다.

Y는 남자가 순식간에 거리의 어두움 속으로 사라지는 것을 본다.

저 남자는 왜 여자친구에게 나이를 물었는지.

여자친구는 왜 대답했는지.

Y는 생각하지만, 흘려보내기로 한다.

Y는 테이블에 올려둔 자기 물건들이 떠오른다.

우리도 나가자. Y가 여자친구에게 말한다.

어디로? 여자친구가 묻는다.

집에 가야지. Y가 대답한다.

Y는 앞에 놓인 초 하나를 들고 앉은 자리에서 일어난다.

자기 물건이 있는 테이블을 향해 천천히 걷는다.

걸음마다 유리 파편이 밟힌다.

Y는 뜨거운 것에 발을 가져다대는 것처럼 조심스럽다.

우박과 비바람이 홀 안으로 들이친다.

Y는 자기가 앉아 있던 테이블 앞에 선다.

물건을 하나씩 가방에 넣는다.

노트가 보인다.

Y는 초를 비춰 여자친구가 노트에 무엇을 끼적였는지

확인한다.

얼굴이다.

눈썹과 미간이 찌그러진.

눈은 길게 찢어져 사나워 보이고 눈동자가 작다.

각진 턱과 뾰족한 귀.

여자친구가 노트에 그린 얼굴은 휘갈겨져 있다.

Y는 알아볼 수 있다. Y, 자기의 얼굴이다.

얼굴 아래에는 '위리'가 반복적으로 적혀 있다.

위리위리위리위리위리위리위리위리위리위리위리위리위 리위리위리위리위리위리위리

길게 이어진 위리는 사슬 혹은 무늬가 있는 하나의 끈처럼 보인다.

죽 끌어당기면 딸려 올라올 것만 같다.

Y는 여자친구가 그린 것과 쓴 것을 더 자세히 보고 싶다.

Y의 손에 들린 초가 기울어져 촛농이 떨어진다. Y는 잠깐 놀란다.

Y는 테이블 한쪽에 초를 내려놓고 아크릴 의자에 앉는다.

테이블 위에는 Y가 주문한 위스키가 그대로다.

한 번에 들이켠다.

코끝이, 이마가 찡하다. 가슴 언저리에 뜨거움이 번진다.

사장과 여직원, 원탁의 남자, 여자친구는 카운터 뒤에 주저앉아 있기 때문에,

홀 안은 아무도 없는 것처럼 인기척이 느껴지지 않는다.

바닥에 즐비한 유리 파편이 촛불 빛에 번쩍이고 일렁인다.

유리 바닥이 아니라 불 바닥 같다.

Y는 여자친구에게 지금 보고 있는 광경을 보여주고 싶다.

날이 밝을 때까지 이 자리에 앉아 있는 것도 나쁘지 않겠다고 Y는 생각한다.

여기로 와볼래? 조심히. Y는 여자친구의 이름을 부른다.

전면 유리가 있던 자리는 깨끗하게 프레임뿐이다.

작가의 말

멀리 갔다가 돌아오고 싶다.
너무 오래 떠나 있어서 이곳을 거의 잊고 싶다.
다시 만나게 될 때 감사와 사랑만이 복받쳐서.
할말이라고는 고마워, 사랑해, 이것뿐이었으면 좋겠다.

2025년 11월

김엄지

| 수록 작품 발표 지면 |

여름 ……『문학사상』 2021년 7월호

여름 2 ……『현대문학』 2021년 8월호

여름 3 ……『한국문학』 2023년 하반기호

가사 ……『현대문학』 2023년 8월호

변신 ……『The 짧은 소설 3: 괴담』(민음사, 2020)

예지 5 ……『문예중앙』 2016년 여름호

비 오는 거리 ……『창작과비평』 2016년 가을호

입생로랑 낭떠러지 …… 문장 웹진 2025년 4월호

위리 …… 주간 문학동네 2025년 7월호

문학동네 소설집
위리
ⓒ 김엄지 2025

초판 인쇄 2025년 11월 03일
초판 발행 2025년 11월 14일

지은이 김엄지
책임편집 이재현 | **편집** 최예림 김봉곤 황문정
디자인 김현아 | **저작권** 박지영 형소진 주은수 오서영 조경은
마케팅 정민호 서지화 한민아 이민경 왕지경 정유진 정경주 김혜원 김예진 이서진
브랜딩 함유지 박민재 이송이 박다솔 조다현 김하연 이준희
제작 강신은 김동욱 이순호 | **제작처** 한영문화사

펴낸곳 (주)문학동네
펴낸이 김소영
출판등록 1993년 10월 22일 제2003-000045호
주소 10881 경기도 파주시 회동길 210
전자우편 editor@munhak.com | **대표전화** 031) 955-8888 | **팩스** 031) 955-8855
문학동네카페 http://cafe.naver.com/mhdn
인스타그램 @munhakdongne | 트위터 @munhakdongne
북클럽문학동네 http://bookclubmunhak.com

ISBN 979-11-416-0288-8 03810

* 이 책의 판권은 지은이와 문학동네에 있습니다. 이 책 내용의 전부 또는 일부를 재사용하려면
  반드시 양측의 서면 동의를 받아야 합니다.

잘못된 책은 구입하신 서점에서 교환해드립니다.
기타 교환 문의: 031) 955-2661, 3580

www.munhak.com